저는 매일 밤
낯선 손님을 태우고 달립니다

저는 매일 밤
낯선 손님을 태우고 달립니다

저는 매일 밤
낯선 손님을 태우고
달립니다

여성 택시 유튜버, 로드모드 신이현의
도로 위 생존기

로드모드 (신이현) 지음

"오늘 밤도 무사히 모시겠습니다!"

수많은 팬들을 열광시킨 솔직하고 단단한 그녀,
<로드모드> 신이현의 영상에 미처 다 담지 못한 운행 일지

모티브

차례

***

인생의 내비게이션이
"경로를 이탈했습니다"라고 말할 때

새벽 2시 47분. 도로 위에서 신호가 바뀌는 소리를 들으며 나는 천천히 좌회전했다. 뒷좌석에는 술에 취한 채 목적지도 말하지 않은 여자가 앉아 있었다. 창밖을 물끄러미 바라보던 그녀는 돌연 울음을 터뜨렸다.

울음소리는 잦아들 듯 조용했지만 꽤 오래 이어졌다. 나는 룸미러로 그녀의 얼굴을 굳이 보지 않았다. 택시 안에서는 묻지 않아도 되는 것들이 있다. 왜 우는지, 무슨 일이 있었는지, 오늘 하루가 어땠는지 같은 것들 말이다. 그저 방향만 맞으면 그만이다. 길은 내가 알고 있으니까.

"어디로 모실까요?"

수백 번도 더 뱉어낸 일상적인 문장이었지만, 그날따라 이상하게도 그 말은 나 자신을 향해 되돌아왔다. 속으로 던진 질문에 나는 아무런 대답도 할 수 없었다. 두 손은 핸들을 꼭 쥐고 있었으나, 내 삶의 목적지는 어디에도 없었기 때문이다.

서른이 훌쩍 넘어서야 비로소 인정하게 되었다. 내 인생이 아주 오래전부터 경로를 이탈해 있었다는 사실을. 익숙하고 안전하던 길에서 까마득히 벗어났고, 이제는 도저히 되돌아갈 수 없는 지점까지 와버렸다는 것을 말이다.

한때는 어엿한 사장이었고 남부럽지 않게 잘나가는 사람처럼 보였지만, 결국 내게 남은 건 폐업과 빚뿐이었다. 거창하게 다시 시작할 용기를 내는 대신, 나는 당장의 생계를 택해야만 했다.

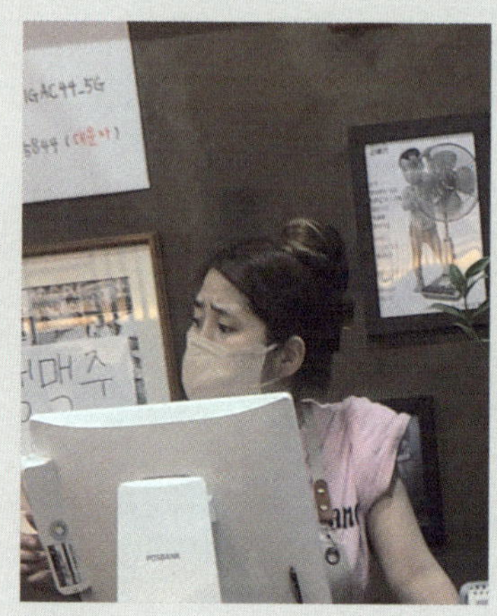

　폐업을 결정하던 날은 생각보다 담담했다. 드라마 주인공처럼 오열하지도, 큰 소란이 일지도 않았다. 그날도 평소처럼 조용히 가게 문을 열었다. 진열대 위에는 미처 주인을 찾지 못한 물건들이 가지런했고, 카운터 옆에는 정리하지 못한 전표가 수북했다.

　무심히 계산기를 두드리던 손을 가만히 멈췄다. 숫자는 결코 거짓말을 하지 않았다. 매출보다 지출이 컸고, 막연한 희망보다는 차가운 현실이 훨씬 또렷하게 다가왔다. 나는 의자에 기대앉아 가게 안을 한 바퀴 천천히 눈에 담았다.

　처음 이 공간을 계약하던 날, 코끝을 찌르던 페인트 냄새가 문득 떠올랐다. 간판을 달던 순간 느꼈던 으쓱한 감정도 함께 스쳐 지나갔다. 그때는 미처 몰랐다. 이 문을 닫게 될 날이 생각보다 이토록 빨리 찾아올 줄은.

마지막 손님이 나간 뒤, 나는 문을 닫지 못한 채 잠시 우두커니 서 있었다. 밖은 평소와 조금도 다르지 않았다. 사람들은 바쁘게 스쳐 지나갔고, 차들은 끊임없이 도로를 달렸다. 세상은 아무 일도 없다는 듯 태연하게 흘러가는데, 오직 내 안에서만 무언가가 서서히 멈춰가고 있었다.

셔터를 내리는 소리가 유난히 크고 무겁게 울려 퍼졌다. 철컥— 하고 맞물리는 그 소리가 마치 내 청춘의 한 장이 끝났음을 알리는 마침표처럼 느껴졌다. 손잡이를 쥔 채 한 번 더 꽉 잡아보았다. 혹시라도 다시 시작할 수 있지 않을까 하는 어리석은 미련이 잠깐 스쳐 지나갔다. 하지만 마음 깊은 곳에서는 이미 알고 있었다. 이것은 헛된 미련이 아니라 차가운 정리의 시간이라는 것을.

집으로 돌아오는 길, 괜스레 양손이 가벼워진 듯한 기분이 들었다. 무거운 책임을 내려놓아서가 아니라, 끝내 버텨내지 못했다는 씁쓸한 자각 때문이었다. 누군가에게는 흔한 가게 중 하나였겠지만, 나에게 그곳은 내 가능성을 증명해 보이려던 치열한 공간이었다. 그리고 나는 그 가능성을 내 손으로 직접 접어버렸다고 자책했다. 그 사실이 무엇보다 가장 아프게 다가왔다.

누군가에게 그 문장을 내뱉기까지 나는 꽤 오랫동안 망설였다.

"그래서 택시를 타게 됐어."

말로 꺼내놓고 보면 한없이 단순해 보이지만, 그 한마디 안에는 숱한 체념과 계산, 그리고 얄팍한 자존심이 뒤엉켜 있었다. 택시 운전대를 잡겠다는 선택은 결코 멋있어 보이는 결정이 아니었다. 누군가에게 자랑스레 내세울 만한 방향도 아니었다. 오히려 구구절절 변명하고 설명해야 하는 선택에 가까웠다.

"왜 하필 택시야?" 사람들의 그 질문을 상상하는 것만으로도 나도 모르게 어깨가 움츠러들었다. 한때는 번듯한 가게를 운영했고, 사장 소리를 들었으며, 스스로 꽤 괜찮은 사람이라고 굳게 믿었던 내가 운전대를 잡는다는 건 마치 캄캄한 계단을 끝없이 내려가는 기분과 닮아 있었다.

하지만 참 이상하게도, 그 계단은 그저 끝없이 추락하는 길이 아니라 내 발밑의 단단한 바닥을 다시금 확인하는 과정이었다. 너무 높이 올라가려다 아프게 미끄러졌다면, 이번에는 아무도 흔들 수 없는 단단한 밑바닥에서부터 다시 시작해도 괜찮지 않을까.

나는 나의 이 선택을 '포기'라는 단어로 가두지 않기로 했다. 그것은 멈춰버린 내가 다시 움직일 수 있는 최소한의, 그리고 최선의 방향이었다. 원대한 꿈이 있어서도, 남들 눈에 멋있어 보여서도 아니었다. 당장 오늘을 버텨내야 했고, 다가올 내일의 밥값을 내 손으로 직접 벌어야 했기 때문이다.

처음엔 그저 현실로부터의 도망이라고 자조했다. 인생에서 실패한 사람이 마지막 벼랑 끝에서 붙잡은 핸들이라고만 여겼다. 하지만 참 아이러니하게도, 나는 그 비좁은 1평 남짓한 차 안에서 비로소 편안히 숨을 돌릴 수 있었다.

어찌 보면, 택시는 움직이는 고해소와 같다. 사람들은 이 좁은 공간에 기대어 자신의 인생 한 조각을 무심히 내려놓고 떠난다. 술에 취해 비틀거리며 찾아온 아픈 청춘, 삶의 무게에 짓눌려 무너져버린 가장, 아무 말 없이 창밖의 불빛만 바라보던 노인까지. 그들의 쓸쓸한 이야기는 내 인생을 스치듯 지나가며, 내가 다시 살아가야만 하는 이유를 조용히 쥐여주고 갔다.

"어머, 아가씨가 운전해요?" 수도 없이 들어 익숙해진 말이지만, 이제는 그 의미를 안다. 그 가벼운 질문 속에는 낯선 의심도, 알량한 걱정도, 묵은 편견도 모두 뒤섞여 있다는 것을. 그래도 나는 변명하듯 대답하는 대신, 묵묵히 시동을 건다. 백 마디 말로 설명하는 것보다 무사히 목적지에 데려다주는 것으로 내 대답을 대신하며.

이 책은 택시 기사로 보란 듯이 성공한 사람의 이야기가 아니다. 위대한 성취도, 영화 같은 극적인 반전도 없다. 그저 길을 잃고 헤매던 사람이 다시 조심스레 방향을 잡아나가는 담담한 기록일 뿐이다. 울퉁불퉁한 비포장도로를 달리다 지쳐 잠시 멈춰 섰고, 바로 그 자리에서 숨을 고른 뒤 다시 시동을 걸었을 뿐이다.

나는 오늘도 여전히 인생이라는 아득한 도로 위를 달린다. 가끔은 길을 잘못 들어 헤매고, 멋쩍게 유턴을 하고, 지루한 신호에 걸려 멈춰 서기도 한다. 하지만 이제는 분명히 안다. 내가 쥐고 있는 이 핸들을 스스로 놓아버리지 않는 한, 언제든 다시 나아갈 수 있다는 것을.

그리고 나의 이 서툰 이야기가, 지금 자신만의 인생 내비게이션 앞에서 길을 잃은 채 서성이는 당신에게도 잠시 멈춰 서서 다시 목적지를 입력할 작은 용기가 되기를 진심으로 바란다.

1부

벼랑 끝에서
다시
시동을 걸다

***

나는 왜 택시를 탔는가

처음 택시 운전석에 올랐을 때, 나는 제대로 걷지 못했던 지난 시간들을 가장 먼저 떠올렸다.

고관절 수술 후 병실에서 눈을 떴을 때 가장 먼저 다가온 건 극심한 통증이 아니라 낯설고 기이한 정적이었다. 의식은 분명히 깨어 있는데, 다리는 마치 내 몸이 아닌 것처럼 아무런 감각도 반응도 없었다. 머릿속으로 수없이 다리를 움직이려 애쓰고 잔뜩 힘을 줘 보아도 끝내 아무 일도 일어나지 않았다. 혼자 힘으로는 도저히 앉을 수조차 없었고, 몸을 옆으로 뒤척이는 것조차 내 의지만으로는 불가능했다.

그제야 나는 벼락처럼 깨달았다. 아, 지금까지 살아왔던 방식으로는 두 번 다시 살아갈 수 없겠구나. 당시에는 누군가의 온전한 도움 없이는 내 몸 하나 제대로 가누지 못하는 무력한 상태라는 사실이 생각보다 훨씬 잔인하게, 그리고 너무나 또렷하게 다가왔다.

그전까지의 나는 아무리 힘들어도 악착같이 움직일 수 있었고, 아파도 꾹 참으며 버텨낼 수 있었다. 내 몸만큼은 언제나 배신하지 않는 내 편이라고 막연히 믿어 의심치 않았다. 하지만 그날 병실에서, 내 몸은 보란 듯이 먼저 등을 돌려버렸다.

그날 밤, 통증은 예고도 없이 불쑥 찾아왔다. 처음에는 그저 뼈 안쪽에서 무언가 서서히 부풀어 오르는 듯한 묵직한 느낌에 불과했다. 간호사가 진통제를 놓아주고 간 직후였기에 곧 가라앉겠거니 대수롭지 않게 여겼다. 하지만 야속하게도 시간이 지날수록 그 묵직한 통증은 예리해졌다. 허리 깊은 곳에서 시작된 통증이 엉덩이와 허벅지를 타고 내려왔다. 숨을 들이마실 때마다 몸 안쪽 어딘가에서 예리한 조각이 신경을 긁고 지나가는 듯했다.

조금이라도 편해질까 싶어 몸을 살짝 비틀어보려 했다. 바로 그 순간, 통증이 정확히 한 지점을 잔인하게 찔러왔다. 숨이 턱 막히며 짧게 멎었다. 비명이라도 지르고 싶었지만, 잠든 옆 침대 보호자가 깰까 봐 입술만 꾹 깨물었다.

눈물이 핑 돌았다. 슬퍼서가 아니라, 내 몸이 내 몸 같지 않다는 사실이 너무 당황스러웠기 때문이다. 나는 지금껏 스스로를 '아무리 아파도 버텨낼 수 있는 독한 사람'이라고 믿어왔다. 그런데 그 날은 달랐다. 내게는 '버틴다'는 선택지조차 주어지지 않았다. 몸은 단호하게 내게 말하고 있었다. 허락된 한계는 딱 여기까지라고.

그 순간 생전 처음으로 짙은 두려움이 엄습했다. 혹시라도 이 통증이 평생 이어지면 어떡하지? 누군가에게 의지해야만 하는 이 무력한 상태가 내 남은 삶 내내 쭉 이어지게 되면 어쩌지?

진통제가 서서히 퍼지며 효과를 내기 시작했지만, 통증이 완전히 사라진 것은 아니었다. 그저 날카로웠던 감각이 조금 둔탁해졌을 뿐이었다. 나는 그 둔탁해진 통증 위로 조심스레 생각들을 얹어보았다.

이제는 예전의 나로 돌아갈 수 없겠구나. 내 몸은 더 이상 알량한 의지 하나로 밀어붙일 수 있는 대상이 아니라는 사실을 그 고통스러운 밤 처음으로 뼈저리게 받아들였다. 그 인정은 나를 한없이 작고 초라하게 만들었다. 하지만 동시에 세상을 향해 한결 조심스럽고 겸손하게 만들었다.

그 밤을 기점으로 나는 내 몸을 억지로 다그치던 사람에서, 내 몸의 한계와 조용히 협상하는 사람으로 변했다. 사람들의 '시간이 지나 회복하면 다 괜찮아질 거야'라는 위로는 그때의 내게 아무런 힘이 되지 않았다. 당장 닥친 이 숨 막히는 순간조차 나 혼자 힘으로는 어찌할 수 없다는 절망감이 이성적인 판단을 마비시켰기 때문이다.

병실 안에서 시간은 흐르지 않고 막힌 것처럼 쌓여만 갔다. 지금이 아침인지 밤인지조차 구분이 가지 않을 때가 많았고, 병동의 불이 꺼지고 나면 낮에는 들리지 않던 소리들만이 유난히 귀를 울렸다. 누군가 고통 속에 뒤척이는 소리, 복도 저 멀리서 무겁게 굴러가는 휠체어 바퀴 소리.

회진을 도는 의사는 매일같이 위로를 건넸다. "꾸준히 회복하시면 괜찮아질 겁니다."

그 말은 내게 따뜻한 위로였을까, 아니면 차가운 조건부 문장이었을까. 만약 끝내 회복하지 못한다면, 나는 '괜찮아질 자격'조차 박탈당하는 사람처럼 느껴져 서러웠다. 몸은 침대에 꼼짝없이 묶여 있었지만, 머릿속은 쉴 새 없이 불안해하며 계산기를 두드렸다. 퇴원 이후의 막막한 생활비, 내가 다시 사회로 돌아가 일을 할 수 있을지, 내 몸이 허락하는 한계는 정확히 어디까지일지.

그때 처음으로 깨달았다. 살아가며 '내가 원하는 일을 주도적으로 선택'하는 게 아니라, 오직 '내게 허락된, 할 수 있는 일만 남는 순간'이 누구에게나 찾아올 수 있다는 것을. 내게 회복이란 어제보다 나아지는 과정이 아니라, 스스로를 포기해 버리지 않기 위해 하루하루를 간신히 견뎌내는 시간이었다.

그날 이후, 나는 내 남은 삶의 계획을 완전히 다시 그리기 시작했다. 가슴 뛰도록 '하고 싶은 일'이 무엇인지 좇는 대신, 이 망가진 몸으로 '할 수 있는 일'이 무엇인지부터 하나씩 냉정하게 찾아야 했다.

그리고 그 쓸쓸한 계산의 끝자락에서, 나는 마침내 택시라는 낯선 선택지 앞에 홀로 서게 되었다.

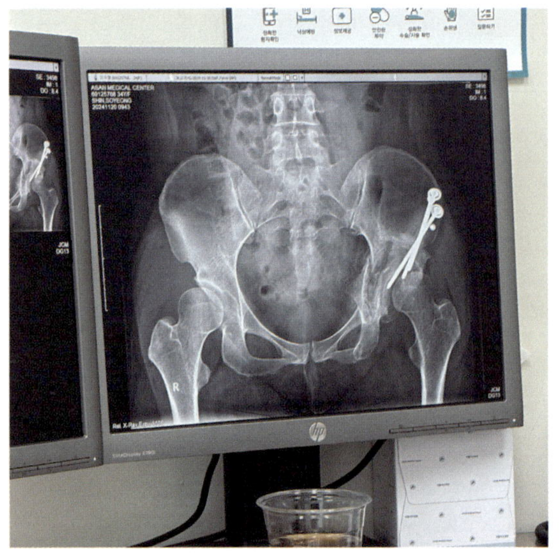

수술을 마친 후 한동안 나는 두 발로 온전히 서는 법조차 잊어버렸다. 침대에서 상체를 일으켜 앉는 것조차 엄청난 결심과 에너지가 필요했고, 병실 복도를 간신히 몇 걸음 걷는 일이 그

날 하루의 거창한 목표가 되었다. 주변 사람들은 으레 "시간이 약이다. 다 괜찮아질 거다"라고 쉽게 말했지만, 내 마음은 언제나 내 몸보다 먼저 지쳐버리곤 했다.

아프다는 건 생각보다 견디기 힘들게 외롭고 조용한 일이었다. 옷 속에 감춰진 상처는 밖에서 잘 보이지 않았고, 내가 얼마나 아프고 힘든지를 굳이 설명하려 들수록 나만 매사에 유난스럽고 징징대는 사람이 되는 것만 같아 비참했다. 나는 점차 말문을 닫았고, 굳이 무리해서 움직이지 않아도 되는 정적인 삶의 테두리 안으로 나 자신을 스스로 가두어버렸다.

돌이켜보면 그때의 나는 이미 인생이라는 트랙에서 크게 한 번 미끄러져 넘어진 상태였다. 애착을 가졌던 가게에서는 어느새 내가 걸리적거리는 짐짝처럼 느껴졌고, 앞으로 대체 무엇을 하며 생계를 유지해야 할지 눈앞이 캄캄했다. 믿었던 내 몸마저 내 마음대로 움직여주지 않자, 나는 더 이상 세상 사람들이 말하는 "포기하지 않고 열심히만 하면 다 된다"는 그 흔한 문장을 조금도 믿을 수 없게 되어버렸다.

당장 화장실까지 걷는 일조차 숨이 차는 사람이 대체 어느 번듯한 직장에 취직을 하고, 하루 여덟 시간을 꼿꼿이 서서 버텨낼 수 있단 말인가. 면접장 의자에 앉아 면접관을 향해 애써 "제 몸 상태는 업무에 전혀 문제없습니다"라고 웃음 지으며 말하는 내 모습을 상상하는 것만으로도 턱턱 숨이 막혀왔다.

　　택시는 사방이 막혀버린 내 앞날에 유일하게 열려 있던 좁은 틈새였다. 다리를 많이 쓰지 않고 앉아서 할 수 있는 일, 오롯이 내 몸의 속도와 컨디션에 맞춰 하루의 업무량을 유연하게 조절할 수 있는 일. 너무 아픈 날엔 눈치 보지 않고 쉴 수 있고, 조금 몸이 괜찮아지면 다시 스르륵 시동을 걸어 나갈 수 있는 일.

　　솔직히 말해 처음부터 운전이 너무 좋아서, 혹은 어떤 사명감이 있어서 택한 길은 결코 아니었다. 오히려 선택의 여지가 남아 있지 않아 벼랑 끝에서 떠밀리듯 쥔 마지막 동아줄에 가까웠다. 하지만 아이러니하게도, 나는 그 운전석에 앉아 비로소 다시 세상을 향해 움직이기 시작했다. 두 발로 걷지 못하던 시간이 내 몸을 멈춰 세우며 앗아갔던 것들을, 택시의 네 바퀴가 다시금 내 인생을 굴러가게 만들어 주었다.

　　그렇게 나는 빨간 정지 신호등 앞에 하염없이 멈춰 서 있던 내 인생에, 조심스럽고도 간절하게 다시 시동을 걸었다.

* * *

첫 출근까지의
아득한 거리

수술 전날 밤 병실은 유난히도 고요했다. 천장은 매일 보던 평소의 모습 그대로였지만, 그날따라 유독 낮게 내려앉아 보였다. 형광등 불빛이 하얀 벽 위로 번져 있었고, 얇은 커튼 너머로는 다른 환자들의 미세한 뒤척임만이 희미하게 전해져왔다.

나는 까닭 없이 휴대폰 화면을 켰다 끄기를 수십 번 반복했다. 특별히 기다리는 연락이 있는 것도 아니었고, 안부를 묻는 메시지가 와 있는 것도 아니었다. 하지만 왠지 모르게 세상 누군가에게 흔적이라도 남겨두어야만 할 것 같은 기묘한 불안감이 밀려왔다. '별일 없을 거야. 다 괜찮겠지.' 나는 불안하게 흔들리는 마음을 다잡으려 텅 빈 허공에 대고 혼잣말을 중얼거렸

다. 담당 의사도 수술은 무사히 끝날 거라 했고, 요즘은 워낙 의
료 기술이 발달해 금세 털고 일어날 수 있다고 다들 입을 모아
말해주지 않았던가.

하지만 막상 딱딱한 침대에 등을 대고 누워 차가운 천장을
올려다보고 있자니, 사람들이 던진 '괜찮다'는 그 두 글자가 한
없이 가벼워 보였다.

만약, 아주 만약에라도 수술이 잘못되면 어떡하지? 영영 두
발로 땅을 딛고 서지 못하게 되면? 평범하게 걷고 뛰던 예전의
일상으로 영원히 돌아갈 수 없게 된다면? 입 밖으로 차마 꺼내
지 못한 불길한 상상들이 머릿속에서 끝없이 꼬리를 물고 이어
졌다.

옆 침대에 엎드려 자던 보호자가 피곤한 듯 얕게 코를 고는
소리. 새벽 근무를 서는 간호사가 숨죽여 복도를 지나가는 발소
리. 그리고 병동 저 끝에서 일정한 간격으로 들려오는 삐— 하
는 기계음. 나는 그 미세한 소리들 사이에서, 내 육체가 내 의지
와는 완전히 분리되어 철저히 타인의 손에 맡겨져야만 한다는
사실을 뼈저리게 실감하며 전율했다.

그날 밤은 유난히 길고 잔인했다. 억지로 눈을 감아도 수술
실의 밝은 조명 불빛이 눈꺼풀 뒤로 아른거렸다. 날이 밝으면
내 몸 전체를 생면부지의 누군가에게 온전히 내맡겨야 한다는
사실이 낯설고 두려웠다.

　마침내 아침이 밝아오자, 모든 과정은 내가 마음의 준비를 할 새도 없이 속전속결로 진행되었다. 얇은 환자복 위로 병원의 담요가 덮였고, 이내 침대 바퀴가 거칠게 구르기 시작했다.

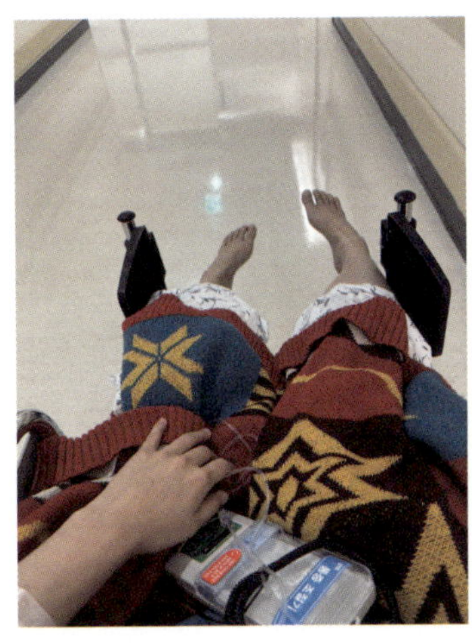

　"환자분, 이제 수술실로 이동하실게요."

　그 건조한 한마디를 듣는 순간, 쿵 하고 심장이 발밑까지 내려앉는 듯했다. 누워서 올려다본 복도의 천장은 끝을 알 수 없을 만큼 하얗고 길게 이어져 있었다. 일정한 간격으로 매달린 형광등 불빛들이 시야를 스치고 지나갔다. 바닥을 긁으며 굴러가는 바퀴 소리만이 유난히 귓가에 또렷하게 박혔다. 철컥, 철컥. 내가 내 의지로 걸어가는 것이 아니라, 마치 컨베이어 벨트 위의 물건처럼 내 몸이 어딘가로 짐짝처럼 실려 가고 있다는 생각이 온몸을 덮쳤다.

엘리베이터 문이 열리고 닫히는 그 짧은 찰나, 나는 담요 밖으로 슬그머니 손을 빼내어보았다. 침대 곁을 따라오고 있던 가족의 얼굴이 보였다. 나를 안심시키기 위해 애써 '다 괜찮을 거다'라는 표정을 지어 보이고 있었지만, 억지로 끌어올린 입꼬리는 금방이라도 울음을 터뜨릴 듯 떨리고 있었다.

마침내 수술실 앞에 침대가 멈춰 섰다. 소독약 냄새가 밴 것 같은 공기가 느껴졌다. 굳게 닫혀 있던 문이 열리자, 안쪽에서 흘러나오는 밝은 빛이 내 눈을 때렸다. "보호자분은 여기 밖에서 대기해 주시면 됩니다."

그 단호한 말을 듣고 나는 고개를 살짝 돌려 가족과 마지막으로 눈을 맞추었다. 우리는 서로 아무런 말도 입 밖으로 꺼내지 못했지만, 그 짧게 얽힌 시선 안에는 차마 말로 다 할 수 없는 깊은 두려움과 불안이 고스란히 담겨 있었다. 다시 고개를 돌려 수술실의 차가운 천장을 마주했다. 아, 이제는 정말 뒷걸음질 칠 수 없구나. 돌이킬 수 없는 강을 건너고 있음을 비로소 실감했다.

수술실 내부의 공기는 바깥과는 확연히 달랐다. 코를 찌르는 금속 냄새, 독한 소독약 냄새, 그리고 수술대 위로 비정하게 반사되는 불빛. 누군가 내게 위로를 건넸다. "환자분, 너무 긴장하지 마시고 편하게 계세요."

나는 알겠다는 듯 묵묵히 고개를 끄덕였다. 하지만 내 몸은 이미 뻣뻣하게 굳어 있었고, 그 긴장감은 단순히 몸의 반응이 아니라 공포였던 것 같다.

본격적으로 수술이 시작되기 직전, 나는 속으로 한 번 더 절박하게 주문을 외웠다. '괜찮을 거야. 제발, 다 괜찮을 거야.' 그리고 천천히 눈을 감았다. 깊고 어두운 곳으로 빠져드는 기분과 함께.

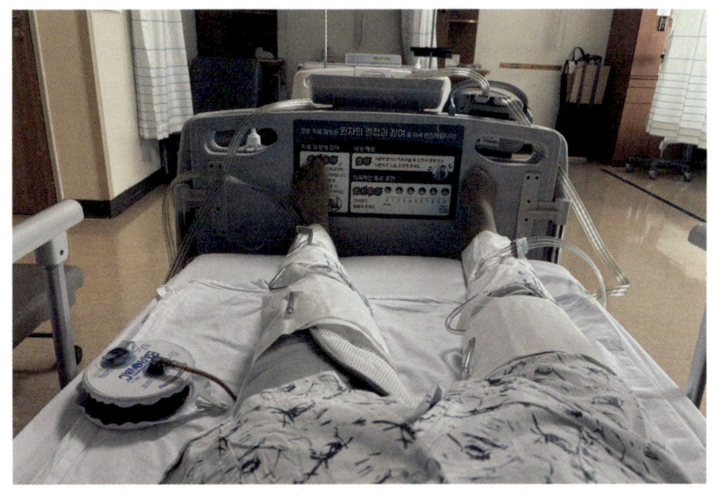

그렇게 나는 수술을 잘 마치고 일어나 병원 침대에서 한참의 시간을 보냈다. 그러면서 무의미하게 휴대폰으로 채용 공고를 뒤적이던 중이었다. 내 조건으로 할 수 있는 일이 없다는 자괴감에 빠져 있을 때쯤, 우연히 '택시 기사 모집'이라는 흔한 광고 하나가 눈에 들어왔다. 처음에는 크게 와닿지 않아 그냥 지나치려 했다. 그런데 스크롤을 내리다 말고 한 문장에 시선이 턱 하고 걸려 멈췄다.

"앉아서 근무 가능."

참으로 평범하고 건조한 그 한 줄이 내 마음속에 이상하리만치 깊고 오래 맴돌았다. 앉아서 할 수 있다니. 앞에서 말했던 것처럼 비로소 나라는 사람도 어딘가 쓸모가 있고 일을 할 수도 있겠다는 한 줄기 빛 같은 가능성처럼 느껴졌기 때문이다.

마침내 퇴원 날짜가 정해졌고 나는 익숙한 집으로 돌아왔다. 집 안 풍경은 내가 떠나기 전과 토씨 하나 다르지 않았지만, 그 공간 안에 놓인 나 자신은 완전히 다른 사람이 되어 있었다. 침대에 눕고 일어나는 일상적인 동작조차 누군가의 부축이 필요했고, 현관에서 신발을 구겨 신는 데에도 한참의 시간이 걸렸다. 방과 거실 사이를 가로막은 문턱 하나를 넘는 데에도 크게 숨을 한 번 고르고 넘어야만 했다.

나를 품어주던 가장 편안한 집이라는 공간이 이토록 낯설게 다가올 수 있다는 사실을 그때 처음 뼈저리게 깨달았다. 예전에는 의식조차 하지 않고 단숨에 오르내리던 아파트 계단이 이제는 눈앞을 가로막는 장애물처럼 보였다. 나는 나를 보호하던 그 집 안에서 역설적으로 내 몸의 한계를 가장 뼈아프게 실감했다. 그리고 동시에, 싫든 좋든 간에 이 망가진 몸을 이끌고 제대로 회복이 되기 전까지, 앞으로 남은 생을 어떻게든 살아가야만 한다는 서글픈 현실을 조용히 받아들였다.

시간이 흘러 목발 없이 위태롭게나마 스스로 걸음을 내디딜 수 있게 되었을 무렵, 택시 회사 면접을 보고 걸어 나오는 내 마음은 스스로가 놀랄 만큼 덤덤했다. 합격이라는 단어를 듣게 되어도 크게 뛸 듯이 기쁘지 않을 것 같았고, 불합격 통보를 받는다 해도 큰 상처를 받거나 두렵지는 않을 것 같았다.

그때의 나는 이미 삶이라는 거대한 파도에 휩쓸려 한 번 세게 내동댕이쳐진 상태였기 때문일지도 모른다.

그러곤 며칠 뒤 합격이라는 연락이 왔다. 출근 날짜가 확정되었고, 나는 정해진 교육을 무사히 이수한 뒤 임시면허증을 손에 쥐었다. 임시면허증 한구석에 인쇄된 택시 회사의 이름을 한참 동안 말없이 내려다보았다. 얇고 구겨지기 쉬운 종이 한 장에 불과했지만, 내게 그것은 다시 세상 속으로 걸어 들어가 움직일 자격을 부여받았다는 일종의 증명서와도 같았다.

종이 한 장의 무게가 이토록 묵직하고 벅찰 줄은 예전엔 미처 몰랐다. 겉면에 '임시'라는 두 글자가 분명히 적혀 있었지만, 적어도 나에게만큼은 결코 임시가 아니었다. 그것은 벼랑 끝에 몰려 있던 내가 다시 온전한 사회의 일원으로 되돌아갈 수 있다는, 일종의 티켓 같은 느낌이었다.

비로소 나는 병실과 방 안의 침대에 누워 천장만 바라보고 있는 무기력한 환자가 아니라, 출근 날짜가 잡혀 있는 어엿한 직장인이었다. 사회적 소속감이라는 그 작은 차이가 바닥까지 무너져 내렸던 내 얄팍한 자존심을 다시금 일으켜 세웠다. "나도 아직 할 수 있다"는 희망찬 문장은, 남들이 내게 먼저 건네주지 않으면 내 입으로라도 끊임없이 되뇌고 반복해야만 하는 주문과도 같았다.

그래서 나는 그 소중한 종이를 반으로 접지 않았다. 행여 구겨질까 가방 깊숙한 곳에 넣어 두지도 않았다. 틈이 날 때마다 괜스레 지갑에서 한 번씩 꺼내 보곤 했다. 내 초라한 이름 세 글자와 번듯한 회사 이름이 같은 줄에 나란히 적혀 있다는 그 단순한 사실 하나가, 가슴 한구석을 자꾸만 이상하리만치 벅차오르게 만들었다.

처음 회사에서 배정받은 내 차를 인계받아 오던 날, 아직 낯선 운전석에 올라타 내 몸에 맞게 시트 위치를 이리저리 조정하며 속으로 수십 번 넘게 중얼거렸다. '된다. 나도 다시 할 수 있다.'

비록 내 몸 상태는 사고 이전처럼 완벽하게 돌아오지 않았지만, 적어도 이제는 도로 한복판에 하염없이 멈춰 서서 뒤처지는 사람은 아니라는 확신이 들었다. 그런데 첫 출근을 단 하루 앞둔 늦은 오후, 불길한 전화 한 통이 걸려 왔다.

수화기 너머 담당자의 목소리는 조심스러웠지만, 그 내용은 단호하고 매정했다. "선생님 다리 상태가 아무래도 저희 쪽에서는 좀 걱정돼서요…. 내부 논의 결과, 아무래도 지금 당장 출근하시기는 좀 어렵겠습니다."

그 한마디에 주변의 모든 소음이 순식간에 멀어지며 진공 상태가 된 듯했다. "어렵다"는 그 짧은 세 글자가 이토록 아프게 다가올지는 미처 몰랐다. 머릿속이 하얘진 나는 입술만 달싹일 뿐 대체 무슨 말을 꺼내야 할지 알 수 없었다. 억울함을 참고 "아, 네. 알겠습니다."라고 태연하게 전화를 끊어야 할지, 아니면 자존심을 굽히고 "정말 문제없습니다. 제가 남들보다 두 배로 더 노력하겠습니다"라며 붙잡고 매달려야 할지. 하지만 내가 어떤 반응을 보이든, 수화기 너머의 회사는 이미 나라는 사람을 잘라내기로 결정을 끝마친 상태였다.

다음 날 아침, 쓸쓸히 차를 반납하러 가는 길. 양손은 차가운 핸들을 꼭 쥐고 있었지만, 이상하게도 그날만큼은 내가 이 차를 운전하고 있다는 실감이 전혀 나지 않았다.

그날 출근길, 아니 반납길의 차 안은 지독하리만치 적막했다. 적막을 깨보려 애써 라디오 음악을 틀어볼까 손을 뻗었다가 이내 거두어버렸다. 신나는 음악이든 슬픈 발라드든, 그 어떤 위로의 소리도 내 귓가에 들이고 싶지 않았다. 분명 내 의지대로 핸들을 꺾으며 나아가고 있었지만, 내 인생의 방향키는 이미 내 손을 완전히 떠나버린 것만 같은 지독한 무력감에 시달렸다.

부푼 꿈을 안고 일터로 향하는 설레는 출근길이 아니라, 고개를 숙이고 쓸쓸히 돌아가는 자의 운전이었다.

저 멀리 골목 끝으로 회사 건물의 간판이 희미하게 시야에 들어오기 시작하자, 쿵쾅거리는 심장 박동이 불규칙하게 빨라졌다. '정말 이렇게 허무하게 끝나는 건가.' 아직 첫 손님에게 인사조차 건네지 못했는데, 제대로 된 시작조차 해보지 못했는데 끝이라는 단어를 마주해야 한다는 사실이 미치도록 서러웠다. 주차장 한구석 빈자리에 차를 정차하고 시동을 끄는 순간, 부르릉거리던 엔진의 진동이 크게 한 번 떨리더니 차갑게 멎어버렸다.

나는 차 문을 열지 못한 채 운전석에 그대로 멍하니 앉아 있었다. 이 차의 뒷좌석은 아직 단 한 번도 손님의 온기를 품어보지 못했다. 그런데 정작 이 차를 몰아야 할 내가 제일 먼저 쫓겨나듯 차에서 내려야만 했다. 땀으로 끈적하게 젖은 축축한 손바닥으로 차 키를 꽉 쥐고 있자니, 가슴 한구석이 날카로운 것에 베인 듯 쓰라려왔다.

사무실에 들어가 담당자에게 키를 건네주던 그 찰나의 순간이 왜 이토록 뇌리에 선명하고 아프게 박혀 있는지 모르겠다. 그것은 단순히 차를 반납하는 행위가 아니라, 내가 어떻게든 세상 속으로 다시 들어가려 안간힘을 쓰며 품었던 마지막 희망을 남의 손에 의해 강제로 꺼트려야만 하는 순간이었기 때문일 것이다.

정해진 택시 운행 교육도 모두 이수했고, 내 이름 석 자가 박힌 임시면허도 당당히 발급받았고, 첫 출근 날짜까지 확정되어 알람까지 맞춰두었건만. 그 모든 과정과 노력이 한순간에 물거품처럼 지워져 버렸다.

인사를 마치고 돌아서서 사무실 문을 닫고 나오는 소리가 텅 빈 복도에 지나치게 크게 메아리쳤다. 등 뒤로 들리는 그 둔탁한 문 닫히는 소리는, 세상이 나를 향해 "너는 아직 우리 사회에 들어올 자격이 없다"며 냉정하게 말하는 소리처럼 들렸다.

내 임시면허증은 이미 나를 거부한 이 회사 소속으로 전산에 등록되어 버린 상태였다. 당장 이 면허를 들고 다른 택시 회사로 훌쩍 옮겨갈 수도 없는 노릇이었다. 나는 말 그대로 하루 아침에 애써 수료한 택시 교육의 결과물도, 임시면허증도, 그리고 무엇보다 다시 시작하려 했던 의지마저 통째로 빼앗긴 채 길거리에 내동댕이쳐졌다. 집으로 돌아오는 발걸음 내내, 분노보다 나를 먼저 덮친 감정은 짙은 괴리감과 자괴감이었다.

나는 분명히 뼈를 깎는 고통을 참아가며 재활에 노력했고, 내 한계를 인정하면서도 최선을 다해 살아보겠다고 수없이 다짐했는데 정작 출발선에 서보기도 전에 누군가에 의해 강제로 멈춰 세워져야만 하는 이 불합리한 현실. '아, 나는 죽어라 발버둥 쳐도 아직 사회에서 1인분을 해내지 못하는, 여전히 쓸모없는 인간인 건가.' 꼬리에 꼬리를 무는 그 우울한 질문이 축 처진 어깨 위로 조용히 달라붙었다.

물론 나를 일방적으로 내친 회사를 향해 억울하다고 소리치고 싶었지만, 머릿속 한편으로는 택시 회사의 그 냉정한 입장도 전혀 이해가 되지 않는 것은 아니었다. 만에 하나 내 다리로 인해 교통사고라도 난다면 그 무거운 법적, 금전적 책임은 온전히 회사가 떠안아야 할 테고, 영리를 추구하는 기업 입장에서 굳이 나라는 위험 요소를 안고 갈 이유가 하나도 없었을 것이다.

머리로는 그 차가운 자본주의적 현실을 이성적으로 이해하려 애쓸수록, 정작 내 상처받은 마음은 한없이 초라해지고 작아지기만 했다. 신체가 건강하지 못하거나 어딘가 아픈 사람은, 이 사회에서 언제나 배려의 대상이 아니라 '리스크를 관리하고 조심해야 할 골칫거리'로 전락하고 만다.

내가 품고 있는 간절한 가능성과 열정보다 내 몸의 불편함이라는 물리적 위험이 먼저 서류상으로 계산되고, 땀 흘려 일하겠다는 절박한 의지보다는 행여나 사고를 칠까 봐 두려워하는 조직의 불안이 나라는 사람의 가치를 먼저 평가해 버린다. 나는 그날, 뼈저리게 아프다는 것이 단순히 개인적인 육체의 고통으로 끝나는 것이 아니라, 한 인간의 사회적 위치를 깎아내리는 요소가 될 수 있다는 사실을 배웠다.

그날 밤, 나는 방구석에 틀어박혀 한참 동안 아무것도 하지 못했다. 이대로 밑바닥부터 다시 다른 회사를 알아봐야 할지, 아니면 아예 내 분수를 인정하고 택시 운전대 잡는 것을 깨끗이 포기해야 할지 갈피를 잡을 수 없었다. 병상을 박차고 나온 사람이, 이제는 가혹한 현실의 벽에 가로막혀 갈 곳을 잃은 채 우두커니 멈춰 서 있었다.

솔직한 심정으로 고백하자면, 차라리 여기서 모든 것을 포기해 버리는 편이 훨씬 쉽고 마음 편할 것 같았다. "내 의지가 부족해서가 아니야. 몸이 따라주질 않으니 회사에서 안 받아준다는데 나보고 어쩌라고." 내 통제 밖의 상황 탓으로 모든 실패의 원인을 돌려버리고 한 문장으로 정리해 버리면, 내 알량한 자존심이 다치는 것도 막고 상처도 훨씬 덜 받을 수 있을 것만 같았다.

하지만 참 알 수 없는 노릇이었다. 머리로는 포기가 맞다고 외치는데, 마음 한구석에서는 이대로 완전히 놓아버리기가 못내 억울했다. 내 노력을 제대로 보여주지도 못하고 무시당한 설움이 아직 시뻘겋게 남아 있었다. 기회조차 주어지지 않은 억울함이 가슴을 쳤다. 그리고 무엇보다도 '이대로 주저앉아 여기서 내 인생을 또 멈춰버리게 둘 수는 없다'는 처절한 감정이 바닥에서부터 뜨겁게 꿈틀거리고 있었다.

바로 그 벼랑 끝의 순간, 기적처럼 지금 내 곁에 계신 택시 회사 사무장님을 만나게 되었다.

　　처음 사무장님과 마주 앉아 면접을 보았을 때, 솔직히 나는 이전에 서류 광탈을 당하고 이미 마음이 크게 한 번 더 꺾여버려 위축된 상태였다. 그래서 나도 모르게 괜히 주눅 들지 않은 척 허리를 과하게 곧게 펴고 앉았고, 면접관이 내 발음을 얕보지 못하게 평소보다 훨씬 더 억양을 주어 또박또박 말하려 애를 썼다. "제 다리는 운전하는 데 전혀 지장이 없습니다." "불편하다고 해서 사고를 낼 거란 건 편견입니다. 정말 문제없습니다." "누구보다 절박합니다. 저 정말 뼈를 묻고 열심히 하겠습니다." 면접이라기보다는 마치 의심 많은 사람을 필사적으로 설득하려는 사람처럼 내 사정을 쏟아냈다.

　　면접을 보는 사무실은 생각보다 아주 작고 허름했다. 낡은 철제 책상 위로는 누렇게 바랜 운행일지들이 위태롭게 쌓여 있었고, 쉴 새 없이 전화기가 날카롭게 울렸다 멈추기를 반복했다. 그 번잡한 와중에도, 책상 너머의 그분은 두서없이 쏟아내는 내 절박한 변명을 중간에 자르지 않았다. 그저 조용히 내 눈을 응시하며 느릿하게 고개를 끄덕였고, 내 말이 완전히 끝날 때까지 묵묵히 들어주었다. 내 목소리가 잦아들고 숨을 고르자, 그가 불쑥 짧은 질문 하나를 던졌다.

　　"얘기 다 들었는데. 그래, 솔직히 말해서 지금 제일 억울하고 분한 게 뭡니까?" 예상치 못한 질문에 나는 말문이 턱 막혔다. 보통의 면접관들이라면 "다리가 불편하다면서 정말 운전 오래 할 수 있겠어요?", "우리 회사 차 망가뜨리면 본인이 다 책임질 수 있어요?"라며 날 선 조건을 먼저 따져 묻기 마련이니까.

나는 흔들리는 눈동자로 잠시 망설이다가, 마음 깊은 곳에 응어리졌던 진심을 토해내듯 말했다. "가장 화가 나는 건… 제가 잘할 수 있는지 없는지, 단 한 번의 시작조차 해보지 못한 채 억울하게 끝이 나버렸다는 겁니다." 입 밖으로 그 말을 내뱉고 나니, 참았던 서러움이 밀려와 괜스레 코끝이 찡해지며 목소리가 잠겨들었다.

가만히 내 대답을 듣고 있던 그분은 긴 한숨을 푹 내쉬며 마치 자기 일처럼 혼잣말하듯 툭 내뱉었다. "그건 앞선 회사가 참 너무했네."

투박하게 던져진 그 짧은 한마디에, 억지로 단단하게 세워 두었던 내 마음속 둑이 순간적으로 무너져 내리는 기분이었다. 누군가 나를 불쌍하게 여겨 값싼 위로를 건네서가 아니었다. 철저한 타인인 그분이, 상처받은 내 입장에 서서 부당한 현실을 향해 나와 똑같이 화를 내주었기 때문이다.

"면허 관련 서류 다 떼어 오시면, 바로 차 배정해서 내줄 테니까 이제 아무 걱정하지 말아요."

위로의 말 뒤에 이어진 그의 확답은 요란스럽지 않았다. 그저 밥 먹었냐고 묻듯 무심하고 담담했다. 그런데 참 이상하게도 그 무심한 담담함이, 세상 어떤 화려한 약속보다 내게는 훨씬 더 굳건하고 단단하게 느껴졌다.

내 인생을 통틀어 그날 나는 처음으로 '불편한 내 몸의 상태'라는 겉모습이 아니라, 어떻게든 살아가보겠다는 내 안의 '의지'를 먼저 온전하게 평가받았다. 나를 위험 요소로 취급하는 시선이 아니라, 내 안의 가능성을 투명하게 들여다봐 주는 진짜 어른을 만난 기분이었다.

면접 사무실 문을 열고 밖으로 걸어 나올 때, 내 어깨를 짓누르던 보이지 않는 무게가 씻은 듯이 덜어진 것만 같았다. 당장 그 자리에서 꼬여버린 임시면허 문제가 해결된 것도 아니었고, 그날 바로 운전대를 잡고 영업을 시작하게 된 것도 아니었다. 하지만 '아, 나도 이제 정말 다시 해볼 수 있겠구나'라는 실낱같은 희망의 빛이 처음으로 손에 잡힐 듯 구체적으로 느껴졌다.

나는 그때 비로소 깨달았다. 누군가가 나를 대가 없이 믿어준다는 것은 내 앞의 열악한 상황을 단숨에 역전시키는 마법 같은 힘이라기보다는, 내 안의 포기를 단단히 붙잡아 늦춰주는 든든한 버팀목이라는 사실을. 그리고 나를 믿어주는 그 따뜻한 힘의 여운은 생각보다 훨씬 더 질기고 오래간다는 사실도 말이다.

덕분에 나는 차를 반납했던 그 참담했던 날 이후로, 완전히 바닥으로 무너져 내리지 않고 버틸 수 있었다. 첫 출근을 앞두고 당했던 일방적인 입사 취소 통보가 내가 남들보다 못나고 부족해서가 아니라, 그저 철저히 회사의 보수적인 기준에서 안전하지 않다고 계산된 차가운 판단일 뿐이라는 걸 그제야 나라는 사람과 철저히 분리해서 객관적으로 바라볼 수 있었다.

그날 차가운 주차장에서 나는 분명히 속력을 잃고 멈춰 섰지만, 엔진의 시동을 완전히 꺼버리며 포기하지는 않았다. 포기와 정지 사이의 그 미묘하고도 거대한 차이가, 끝내 나를 다시 택시 운전석으로 데려다 앉혀주었다.

지금도 손님들이나 주변 사람들은 이따금 호기심 어린 눈으로 묻곤 한다. "왜 하필이면 많고 많은 직업 중에 힘든 택시 기사를 하세요?"

물론, 여자 혼자서 인적 드문 밤길을 내달린다는 것에 대한 막연한 겁이 나지 않는다면 거짓말일 것이다. 언제 돌변할지 모르는 술에 취해 횡설수설하는 사람들, 도로 위에서 쉴 새 없이 벌어지는 예측 불가능한 돌발 상황들. 그럼에도 불구하고 참 이상하게도 차 안에서 느끼는 그 두려움은 나름대로 견딜 만하고 익숙했다. 병원 침대에 누워 천장만 바라보며 내일이 오지 않을 것 같아 떨었던 그 끔찍한 불안과 종류만 조금 달랐을 뿐.

그래도 택시는 위험한 상황이 닥치면 내 손으로 차 문을 철컥 잠글 수도 있었고, 백미러를 통해 뒷좌석의 동태를 예의 주시할 수도 있었으며, 정 감당이 안 되면 비상등을 켜고 차를 멈춰 세울 수도 있었다. 적어도 꼼짝 못 하고 침대에 묶여 있던 시절처럼, 완전한 무방비 상태는 아니었다.

이처럼 택시는 한 번 바닥으로 고꾸라진 내가 다시 사람들의 사회 안으로 슬그머니 걸어 들어가기 위해 딛어야 했던 가장 낮고 만만한 문턱과도 같았다. 상사에게 잘 보이기 위해 크게 잘할 필요도 없고, 동료들 사이에서 눈에 띌 필요도 없으며, 억지로 다 나은 척 건강한 사람을 연기할 필요도 없는 유일한 일. 그저 오늘 하루, 내 몸이 버텨주는 시간만큼만 핸들을 쥐면 되는 정직한 일.

그래서 나는 그날 운전대를 꽉 잡았다. 이 일이 미치도록 좋아서 가슴이 뛰었기 때문이 아니라, 오직 이 일만이 내게 '가능했기' 때문이다.

그리고 남들에게는 초라해 보일지 모르는 그 '가능함'이라는 단어 하나가, 그 시절 벼랑 끝에 서 있던 나에게는 세상을 다시 살아갈 가장 완벽하고도 충분한 이유가 되어주었다.

***

첫 운행, 나의 유일한 목적지는
'무사히 돌아오는 것'

첫 운행을 앞둔 날, 나는 유난히 일찍 눈을 떴다. 창밖은 아직 어두운 새벽이었고, 내 몸은 여전히 예전처럼 완벽하지 않았다. 거울 앞에 서서 내가 오늘 할 수 있는 일들을 하나씩 찬찬히 떠올려보았다. 두 발로 온전히 걷는 일은 아직 서툴고 버거웠지만, 앉아서 하는 운전만큼은 충분히 가능했다. 길게 서서 버틸 필요도 없고, 통증이 밀려오면 언제든 차를 세우고 쉬면 그만이었다. 오늘 하루만큼은 억지로 내 몸을 다그치거나 설득하지 않아도 될 것 같았다.

차에 올라타 내 몸에 맞게 시트를 맞추고 백미러를 조정했다. 안전벨트를 당겨 매는 그 간단한 동작 하나에도, 나도 모르게 움찔하며 고관절의 상태를 한 번 더 확인하게 되었다. 예전 같으면 아무 생각 없이 했을 사소한 일상들이 이제는 내 몸이 허락하는지를 묻는 조심스러운 확인 절차가 되어버렸다. 시동을 걸기 전 잠시 두 눈을 감았다. 이것은 거창하고 새로운 도전이라기보다는, 멈춰버린 내 삶을 어떻게든 다시 움직여보기 위한 처절한 준비 운동에 가까웠다.

그날의 나에게는 남들보다 빨리 가겠다는 욕심도, 멀리 가겠다는 원대한 계획도 없었다. 다만 무사히 오늘 하루 분량의 운행을 마치고, 내 두 발로 다시 집으로 돌아오고 싶었다. 오직 그것만으로도 내게는 충분했다.

첫 호출은 생각보다 빨리 잡혔다. 콜 화면이 요란하게 울렸고, 나는 반사적으로 수락 버튼을 눌렀다. 그제야 쿵쾅거리는 심장이 한 박자 늦게 따라 뛰기 시작했다. 약속된 장소에 차를 세워두고 첫 손님을 기다리는 그 짧은 몇 초가 길게만 느껴졌다. 과연 뒷좌석 문이 무사히 열릴지, 아무 일도 없다는 듯 나의 새로운 하루가 시작될 수 있을지. 그 모든 운명이 굳게 닫힌 차 문 하나에 달려 있는 것만 같았다.

이윽고 철컥, 문이 열리며 차 안으로 새벽의 찬 공기가 밀려들어왔다. 손님은 지극히 평범해 보이는 중년의 남자였다. 특별할 것 없는 인상과 무심한 표정. 나는 나를 향하지 않는 그 무심하고 평범한 태도에 오히려 깊은 안도를 느꼈다.

"안녕하세요." 인사를 건네는 내 목소리는 생각보다 훨씬 차분하고 안정적이었다. 굳이 건강하고 괜찮아 보이는 척 연기하려고 애쓰지 않아도 자연스러웠다. 몸은 여전히 뻣뻣하고 조심스러웠지만, 적어도 내 입 밖으로 나오는 말만큼은 이미 평범한 일상으로 무사히 돌아와 있었다.

"목적지가 이곳 맞으실까요?" 나의 물음에 남자는 건조하게 짧은 긍정의 대답을 남겼다. 나는 가볍게 고개를 끄덕인 뒤, 브레이크에서 천천히 발을 떼며 차를 부드럽게 움직였다.

급하게 속력을 낼 이유는 전혀 없었다. 내게 허락된 첫날의 유일한 목표는 속도가 아니라 철저한 안전이었으니까. 붉은 신호등 앞에서 차가 한 번 더 멈춰 섰다. 브레이크를 밟고 있는 오른쪽 발끝으로 온 신경과 의식이 곤두섰다. 다행히 찌르는 듯한 통증은 없었지만, 정말로 아프지 않다는 그 사실을 스스로 믿고 확인하는 데에는 꽤 오랜 시간이 필요했다. 그리고 통증이 없다는 그 짧고 명확한 확인이 굳어 있던 나를 조금씩 안심시켜 주었다.

차 안은 정적에 싸여 있었고, 라디오 음악조차 켜두지 않았다. 낮게 웅웅거리는 엔진 소리와 똑딱거리는 방향지시등 소리만이 1평 남짓한 좁은 공간을 규칙적으로 채웠다. 그런데 참 이상하게도, 그 건조하고 기계적인 소리들이 마치 내게 "거봐, 다 괜찮잖아."라고 다정하게 속삭여주는 것만 같았다.

나는 룸미러를 통해 뒷좌석 손님의 얼굴을 슬쩍 살폈다. 그는 피곤한 눈으로 그저 창밖의 흐르는 풍경만 응시할 뿐, 운전석에 앉은 내게는 티끌만 한 관심조차 두지 않았다. 나는 나를 향한 그 철저한 무관심이 눈물겹게 고마웠다. 오늘의 나는 내 몸의 상처를 훑어보는 타인의 호기심 어린 시선을 의연하게 받아넘길 만큼 단단하지 못했기 때문이다.

무사히 목적지에 도착하자, 남자는 묵묵히 카드를 건네 요금을 결제했다. "수고하세요." 그 한마디가 우리가 나눈 대화의 전부였다. 둔탁한 소리와 함께 문이 닫히고, 차 안에는 다시 나 홀로 남겨졌다. 나는 곧바로 다음 목적지를 향해 출발하지 못한 채 잠시 그 자리에 가만히 머물러 있었다.

나의 첫 손님은 내 팍팍한 인생을 구원할 극적인 명언을 남기지도 않았고, 영화에 나올 법한 눈물겨운 사연을 털어놓지도 않았다. 하지만 아무런 이벤트도 없었던 그 지극히 평범하고 무미건조한 이동 하나가 지금의 나에게는 눈부시게 충분했다. 나는 그날, 부서졌던 내 삶이 마침내 다시 굴러갈 수 있다는 사실을 온몸으로 확인했다.

기나긴 하루를 무사히 넘기고 집 앞에 차를 세웠을 때, 시동 키를 쥐고 있던 손이 잠시 주저했다. 무사히 첫 운행을 마쳤다는 뿌듯함보다는, 이제 긴장이 풀린 내 몸의 진짜 상태를 직면해야 한다는 두려움이 먼저 앞섰기 때문이다.

차 문을 열고 밖으로 내리는 그 짧은 순간이, 오늘 하루 내가 했던 그 어떤 운전 조작보다 조심스럽고 위태로웠다. 조심스레 땅에 한 발을 딛고 잠시 숨을 멈추었다. 이상이 없음을 느끼고 마저 다른 발을 내렸다. 아무 일도 없었다는 듯 천천히 다리에 힘을 주어 몸을 꼿꼿이 세워보았다.

다행히 끔찍한 통증은 찾아오지 않았다. 대신 온몸의 근육을 팽팽하게 당기는 묘한 긴장감이 끈적하게 남아 있었다. 당장 아프지 않다는 걸 눈으로 확인하면서도, 언제 통증이 불쑥 튀어나올지 모른다는 '아직은 안심할 수 없다'는 의심이 따라붙었다. 나는 한동안 주차장에 그대로 선 채, 몸 안에서 혹시라도 보내올지 모를 위험 신호를 숨죽여 기다렸다.

무사히 집으로 들어와 현관에 신발을 벗어두고 푹신한 소파에 털썩 주저앉았다. 나는 서둘러 양손으로 허벅지 안쪽과 수술했던 고관절 주변을 꾹꾹 눌러보며 감각이 온전한지 확인했다. 재활 병원에서 지겹도록 반복하며 배웠던, 슬프게도 너무나 익숙해져 버린 나만의 점검 방식이었다. 다행히 참지 못할 만큼 심하게 뻐근하지도 않았고, 당장 얼음찜질을 해야 할 만큼 열감이 오르지도 않았다.

"그래, 오늘은 딱 여기까지. 무사히 잘 넘어왔어." 나는 안도 섞인 혼잣말을 내뱉으며, 비로소 내 몸의 긴장을 풀도록 허락해주었다.

따뜻한 물로 샤워를 하는 동안, 물줄기가 고관절을 타고 흘러내릴 때마다 그제야 미세하고 묵직한 피로감이 올라왔다. 하지만 그것은 고통스러운 아픔이라기보다는, 녹슬어 있던 내 하루를 남김없이 알차게 썼다는 충만함에 가까웠다. 내 몸이 영원히 예전처럼 완벽할 수 없다는 서글픈 사실과, 그럼에도 불구하고 오늘 하루 내 무게를 온전히 버텨주었다는 대견함이 같은 자리에서 조용히 공존하고 있었다.

수건으로 물기를 닦아내며 습기 찬 거울 앞에 섰다. 상처 자국이 남은 예전과 달라진 몸, 그리고 사장이 아닌 택시 기사로 살아가게 된 낯선 하루. 그 두 가지 모두 아직 내게는 어색하고 낯설기만 했지만, 적어도 오늘 하루만큼은 내 육체와 현실이 서로 싸우지 않고 평화롭게 타협해 주었다.

침대에 등을 대고 누워 익숙한 천장을 바라보며 오늘의 궤적을 찬찬히 되짚어보았다. 오늘 정확히 몇 시간을 꼬박 운전했는지, 그래서 대체 얼마의 돈을 벌었는지는 내게 그다지 중요한 문제가 아니었다. 나에게 가장 중요한 것은, 오늘 하루 타인의 동정에 기대지 않고 오롯이 내 몸을 움직여 내 몫의 일을 해냈고 아무런 사고 없이 무사히 내 자리로 돌아왔다는 생생한 사실이었다.

아프지 않았다. 나에게는 오직 그 사실 하나가 전부였고, 그것만으로도 오늘 하루는 차고 넘치게 충분했다.

퇴근길 차 안에서 하루의 마감 버튼을 눌렀던 순간이 떠올랐다. 무리하지 않기로 한 첫날이었기에 긴 시간 운행한 것도 아니었다. 비교적 짧은 시간, 서너 번의 짧은 이동, 그리고 액정에 떠오른 자그마한 숫자 하나. 나는 잠시 화면을 끄지 않고 가만히 내려다보았다. 헛된 기대도, 섣부른 실망도 하지 않기 위해 들뜨려는 마음을 다림질하듯 반듯하게 꾹 눌러둔 채 그 숫자를 확인했다.

당연하게도 입이 떡 벌어질 만큼 큰 금액은 아니었다. 하지만 내 걱정만큼 형편없이 초라한 숫자도 결코 아니었다. 아픈 몸을 억지로 쥐어짜 내지 않고, 내 페이스대로 무리 없이 보낸 하루의 결괏값으로는 꽤나 정직하고 충분한 액수였다. 적어도 세상으로부터 내 치열했던 오늘 하루를 부정당하지는 않을 만큼의 가치, 딱 그 정도의 따뜻한 값이었다.

가게를 운영하던 예전의 내게 숫자는 삶의 전부이자 무서운 채찍이었다. 매일의 매출, 월말의 정산, 차갑게 떨어지는 손익계산서. 그 숫자가 크면 세상을 다 가진 듯 웃었고, 숫자가 곤두박질치면 불안에 떨었다. 숫자는 늘 내 능력과 가치를 매기는 기준이었고, 뼈아프게도 나는 그 기준을 끝끝내 통과하지 못한 채 자본의 논리에서 밀려난 패배자였다.

하지만 참 이상한 일이었다. 기사로서 처음 확인한 그 소박한 수입은 예전처럼 나를 옥죄거나 조급하게 만들지 않았다. 악착같이 한 푼이라도 더 벌어야겠다는 강박보다는, '다행이다, 오늘은 이 정도면 충분히 잘 해냈다'는 너그러운 마음이 먼저 찾아왔다.

나는 늘 버릇처럼 두드리던 계산기를 켜지 않았다. 오늘의 이 수입을 곱하기 삼십으로 늘려 한 달 뒤의 내일을 섣불리 대입하려 들지도 않았다. 오늘의 숫자는 욕심 없이 그저 오늘 하루의 성과로만 남겨두기로 했다. 내 아픈 몸이 허락해 준 만큼 정직하게 움직였고, 딱 그 땀방울에 걸맞은 결과가 내 손에 쥐어졌다는 사실만을 조용히, 그리고 겸허하게 받아들였다.

휴대폰을 머리맡에 내려놓고 캄캄해진 창밖을 물끄러미 내다보았다. 이미 밤은 깊은 고요 속으로 가라앉았고, 요란할 것 없던 나의 첫 출근날도 물 흐르듯 자연스럽게 저물어가고 있었다.

완전히 잠자리에 들기 전, 침대에 누운 채로 수술한 고관절 쪽으로 체중이 쏠리지 않도록 베개를 받치며 자세를 조금씩 고쳐 잡았다. 아주 미세하고 작은 움직임 하나에도 혹여나 신경이 짓눌리지는 않는지 예민하게 몸의 반응을 살피게 되는 조심스러운 밤이었다.

스르륵 눈을 감자, 오늘 겪었던 수많은 장면들이 파노라마처럼 순서 없이 눈꺼풀 뒤로 떠올랐다. 요란하게 울리던 첫 호출 알림, 무심한 표정의 첫 손님, 새벽녘 차 안을 맴돌던 서늘한 공기, 모든 운행을 마치고 집 앞에서 안도하며 내리던 순간까지. 영화처럼 드라마틱하고 특별한 일은 단 하나도 일어나지 않았지만, 그래서 오히려 발이 땅에 닿아 있는 묵직한 현실처럼 느껴졌다.

가만히 지난날을 돌이켜보면, 내 인생이 완전히 박살 나고 실패했다고 느꼈던 뼈아픈 순간들은 대부분 감당하지도 못할 먼 미래까지 한 번에 욕심내어 거머쥐려다 스텝이 꼬여 크게 넘어졌던 시간들이었다. 그래서 이번만큼은 철저하게, 오늘 하루의 보폭에만 시선을 고정하기로 했다. 지금의 나는 부서진 인생의 계획을 그럴듯하게 다시 설계할 만큼 대단하고 단단한 사람이 못 되었다. 다만 당장 다가올 내일 하루만큼은 내 힘으로 무사히 살아낼 수 있을 거라는, 그 소박하지만 조심스러운 가늠 정도는 해볼 수 있었다.

나는 머리맡의 스마트폰을 들어 내일의 알람을 맞췄다. 너무 이른 새벽도, 그렇다고 한없이 늘어질 만큼 늦은 시간도 아닌, 내 몸이 회복하기에 가장 편안하고 적당할 것 같은 시각으로. 그것이 그 밤, 내가 나 자신과 세상에 내어놓을 수 있는 가장 정직하고 유일한 대답이었다.

*　*　*

버티는 일이 아니라
조절하는 일

　며칠의 시간이 더 흘렀다. 아직도 아침마다 눈을 뜨면 몸 상태를 살피는 것으로 일과를 시작했지만, 적어도 그 뻣뻣했던 동작들이 이제는 조금씩 내게 익숙해져 있었다. 침대에서 무리 없이 일어나는 순서, 고관절이 다치지 않게 조심스럽게 몸을 돌리는 요령, 현관에서 신발을 신기 전 아주 잠시 호흡을 멈추고 중심을 잡는 습관까지.

　내 몸이 사고 이전처럼 완전히 괜찮아졌다고 거짓말을 할 수는 없었다. 다만 매일 같은 시간대에 비슷한 강도의 예측 가능한 피로가 찾아왔고, 그 규칙적인 '예측 가능함'이 길 잃은 나를 조금씩 안심시켜 주었다.

들쭉날쭉하던 운행 시간도 내 몸의 사이클에 맞춰 자연스럽게 제자리를 찾아갔다. 도로가 전쟁터로 변하는 아침 출근 피크 시간대는 과감히 피했고, 내 몸의 컨디션이 가장 안정적인 시간대에만 집중해서 차를 몰았다. 어디까지가 내 한계인지, 더 이상 무리하면 안 되는 선이 어디인지가 머리가 아닌 감각으로 조금씩 새겨졌다.

신기하게도 머리보다 몸이 먼저 새 직업의 패턴을 기억해 내기 시작했다. 브레이크를 밟을 때 줘야 하는 적당한 힘, 좁은 골목에서 핸들을 돌리는 각도, 신호 대기 중 떨어지는 긴장감까지. 녹슬었던 내 몸은 생각보다 훨씬 더 빠르게 운전석이라는 비좁은 공간에 적응해 나가고 있었다.

퇴근 후 집에 돌아와 지친 몸을 점검하는 시간도 눈에 띄게 짧아졌다. 뻐근한 허벅지를 꾹꾹 눌러보고, 고관절의 열감을 한 번 더 훑어보는 정도면 그날의 루틴은 끝이었다. 더 이상 끔찍한 통증이 없다는 당연한 사실을 굳이 불안해하며 오래 붙잡고 늘어질 필요가 사라진 것이다.

그제야 나는 처음으로 운전대를 잡으며 이런 깨달음을 얻었다. '아, 택시 기사라는 이 일은 단순히 무식하게 버티는 일이 아니라, 내 몸과 시간의 한계를 영리하게 조절하는 일이구나.'

가게를 운영하던 예전처럼 내 영혼까지 모든 걸 걸고 죽어라 달리지 않아도 괜찮았다. 오늘은 무리하지 않고 여기까지,

내일은 조금 더 속도를 줄여서 덜 가고, 자고 일어나 몸이 괜찮아지면 다시 스르륵 시동을 거는 유연한 방식.

며칠 동안 억지로 이어간 나의 소박한 운행 일지는 당연하게도 내게 당장 세상을 다 가질 법한 대단한 자신감을 심어주지는 못했다. 대신, 바닥을 기고 있는 내 쓸쓸한 삶을 당장 여기서 포기하지 않아도 되겠다는 작은 허락의 도장을 찍어 남겼다.

나는 여전히 매사에 조심스러웠고, 육체적으로도 경제적으로도 여전히 완벽과는 거리가 멀었다. 하지만 적어도 지금은, 내가 이 매연 가득한 도로 위에 운전석을 차지하고 앉아 있어도 괜찮았다. 세상에 내몰리지 않고 내 자리가 있다는 것. 단지 그것만으로도 내게는 충분했다.

택시 기사의 하루는 요란한 출근 도장으로 시작되지 않는다. 그저 고요한 시동 소리로 묵묵히 시작될 뿐이다. 아침이라고 부르기에는 턱없이 애매한 어스름한 시간에 습관처럼 눈을 뜬다. 창밖의 해가 떠오르기 전, 방 안을 채운 차가운 공기는 아직 어제의 밤에 더 가깝게 느껴진다.

눈을 뜨자마자 이부자리에 누워 몸의 안부부터 먼저 묻는다. 허리, 두 다리, 그리고 수술한 고관절. 오늘 하루 운전대를 감당할 만큼 무사히 괜찮은지, 통증의 수치는 어디까지 허락될 수 있을지.

옷을 챙겨 입고 양말을 구겨 신는 둔탁한 동작도 여전히 조심스럽기 짝이 없다. 현관에서 신발을 신기 전, 나는 습관처럼 잠깐 동작을 멈춘다. 발바닥이 바닥에 온전히 닿는지, 체중을 싣고 힘이 제대로 들어가는지 가만히 가늠해 본다. 차가 세워진 주차장에 도착하면, 덜컥 운전석 문을 열고 앉기 전에 차가운 공기를 마시며 한 번 더 크게 숨을 고른다. '그래, 오늘도 가능하다.' 나는 그 단순한 문장을 속으로 짧게 되뇌며 문을 연다. 이윽고 키를 돌려 시동을 건다. 부르릉, 거친 엔진 소리가 발끝을 타고 올라오면 비로소 피할 수 없는 하루가 본격적으로 시작됐다는 신호다.

이른 아침부터 운행을 시작한 그날의 첫 손님은 단정한 출근 복장을 한 젊은 여자였다. 아직 태양이 지평선을 완전히 넘지 못한 푸르스름한 새벽 시간이었다. 열린 창문 틈으로 스며드는 공기는 꽤 쌀쌀했고, 도로는 인적 없이 텅 비어 있었다.

그녀는 뒷좌석에 미끄러지듯 올라타자마자, 들릴 듯 말 듯 작게 한숨을 내쉬었다. "하아, 이 시간이면 지각은 아니겠죠…"

누구에게 묻는 것도 아닌 혼잣말에 가까웠지만, 밀폐된 차 안이었기에 내 귀에는 유독 선명하게 들렸다. 내비게이션 화면에 찍힌 그녀의 목적지는 도심 한복판에 우뚝 솟은 큰 건물이었다. 아마도 숨 막히는 경쟁이 기다리는 그녀의 직장이었으리라.

나는 신호가 뻥 뚫린 텅 빈 도로를 부드럽고 조용히 미끄러져 달렸다. 룸미러로 비친 그녀는 무릎에 놓인 휴대폰 화면을 초조하게 계속해서 들여다보고 있었다. 시간, 쌓여가는 메시지, 끝없는 알림창. 긴장한 탓인지 그녀의 좁은 어깨가 잔뜩 굳어 위로 솟아 있었다.

"손님, 몇 시 출근이신가요?" 원래 택시 안에서 사적인 질문을 먼저 건네는 성격이 아니었지만, 참 이상하게도 그날 아침만큼은 꼭 물어보고 싶었다.

"여덟 시 출근이요… 오늘 아침부터 중요한 회의가 있어서요." 대답하는 그녀의 목소리 끝이 불안한 듯 미세하게 떨리고 있었다. 나는 편안하게 고개를 끄덕이며 덤덤하게 대꾸했다.

"걱정하지 마세요. 지금 이 속도로 길이 안 막히면 늦지 않습니다. 아직 시간 여유 꽤 있으니 안심하세요."

기사의 확신 어린 그 말 한마디를 듣자마자, 잔뜩 치솟아 있던 그녀의 어깨가 눈에 띄게 스르르 내려가는 것이 보였다. 스치듯 지나가는 아주 작은 신체 변화였지만, 그 안도감은 내 눈에 너무도 선명했다.

무사히 목적지에 도착했을 때, 문을 열고 급히 내리려던 그녀가 결제 단말기에 카드를 찍다 말고 돌연 움직임을 멈추었다. "기사님, 아침 일찍부터 정말 고생 많으세요. 감사합니다." 의례적인 멘트가 아닌, 진심이 담긴 짧고 따뜻한 인사였다.

건물 회전문 안으로 종종걸음 치며 사라지는 그녀의 뒷모습을 백미러를 통해 잠시 가만히 바라보았다. 나는 문득 그런 생각이 들었다. 나는 캄캄한 밤에는 비틀거리며 취한 채 길 잃은 사람을 태우고, 지친 새벽에는 모든 걸 소진하고 집으로 도망치는 사람을 태우고, 그리고 눈부신 아침에는 새롭게 하루를 다짐하며 전장으로 향하는 사람을 태우고 달린다.

매일 같은 도로 위를 맴돌고 있지만, 뒷좌석에 타는 누군가는 고단한 끝을 향해 달리고, 또 다른 누군가는 희망찬 시작을 향해 달려간다. 그리고 나는, 그 무수한 끝과 시작의 사이를 묵묵히 이어주며 오가는 사람이다.

특히 모두가 잠든 출근길의 첫차 분위기는 늘 묘하게 다가온다. 아직 어긋나거나 망가지지 않은 백지상태의 하루라서, 올라타는 사람들의 굳은 얼굴에는 오늘을 무사히 넘겨야 한다는 조심스러운 긴장감이 서려 있다. 그 차가운 긴장을 목적지까지 다치지 않게 무사히 옮겨주는 것. 그것이 바로 이 푸른 새벽 시간대에 나에게 주어진 작지만 막중한 임무였다. 어쩌면 이 일은, 단순히 사람을 A에서 B로 물리적으로 옮겨 대워주는 일이 아니라, 목적지에 닿는 그 짧은 시간 동안만이라도 그들이 짊어진 마음의 무거운 짐을 잠시나마 내려놓게 덜어주는 일인지도 모르겠다.

* * *

실패가 위로가 되는
좁은 휴게실

물론 이렇게 글로 적으니 잔잔하게 보이지만, 택시의 콜은 결코 내 예측이나 바람대로 얌전히 와주지 않는다. 출근하자마자 숨 돌릴 틈도 없이 요란하게 울려댈 때도 있고, 어떤 날은 한 시간이 넘도록 화면이 죽은 듯이 고요할 때도 있다.

콜 알람이 뜨면 운전석의 공기는 얼어붙고, 나는 반사적으로 화면을 향해 손부터 뻗는다. 찰나의 순간 출발지를 스캔하고, 목적지의 방향을 확인하며, 속으로 대략적인 주행 거리와 소요 시간을 숨 가쁘게 계산해 낸다. 거리가 짧으면 짧은 대로, 길면 긴 대로 그날 하루의 운행이 그 순간 결정되어 버린다.

특히 첫 손님이 뒷좌석에 타는 바로 그 순간, 묘하게도 그날 하루의 전체적인 분위기와 운세가 굳어지는 느낌이 든다. 오늘은 쉴 새 없이 떠들고 웃어야 하는 말이 많은 날일지, 아니면 엔진 소리만 들으며 침묵 속에 흘러가야 하는 조용한 날일지.

이따금 생리 현상을 해결하러 들른 주유소나 기사 식당 옆 좁은 휴게 공간에서 낯선 다른 기사들과 우연히 마주칠 때가 있다. 그날, 휴게실의 공기는 유독 습하고 무거웠다. 자판기 옆 구석 자리에 유니폼을 입은 나이 든 기사 몇 명이 피곤한 어깨를 늘어뜨린 채 모여 앉아 있었다.

먼지 쌓인 테이블 위엔 국물이 말라붙은 컵라면 뚜껑이 반쯤 열려 있었고, 그들이 몸을 뒤척일 때마다 낡은 플라스틱 의자가 비명처럼 삐걱거렸다. 적막을 깨고 누군가 먼저 툭, 혼잣말처럼 내뱉었다. "아이고, 오늘 결국 사납금 못 채웠어." 말투는 농담처럼 가볍게 허공에 던진 것 같았지만, 갈라진 목소리 끝에는 결코 가볍지 않은 씁쓸함이 묻어 있었다.

옆에 앉아 종이컵 커피를 젓던 다른 기사가 허탈하게 웃으며 맞장구를 쳤다. "형님만 그런 거 아냐. 나도야. 오늘은 영 콜이 말라서 다 죽 쒔지 뭐." 그 웃음소리는 진짜 즐거워서 내는 웃음이라기보다는, 팍팍한 현실을 어떻게든 부러지지 않고 버텨내려는 소리처럼 들렸다.

나는 자판기 커피를 뽑아 든 채 그들 주변에 조용히 앉아 있었다. 그들의 대화는 금세 숫자에 대한 푸념으로 옮겨갔다. "오늘 가스값 떼면 몇 만 원은 모자라네.” “난 아까 공항에서 대기하다가 눈앞에서 콜 취소만 두 번 당했잖아.” “비 오는 날은 콜 터져서 대박 치는 날인 줄 알았더니, 차 막혀서 꼭 그렇지도 않네.” 신세 한탄을 하던 누군가는 한숨과 함께 담배를 꺼내 물었고, 누군가는 체념한 듯 바닥만 뚫어져라 바라보며 휴대폰 화면을 의미 없이 새로고침하고 있었다.

그 순간 나는 어렴풋이 깨달았다. 택시 기사들이 모여 있는 이 좁고 외로운 세계에서는, 남들 보란 듯이 성공한 무용담보다는 초라한 실패담과 뼈아픈 푸념이 훨씬 더 조용하고 끈끈하게 공유된다는 것을.

“오늘 못 채웠어.” 그들이 내뱉은 그 문장은 단순한 실패에 대한 이야기가 아니었다. 그저 ‘오늘 날씨가 흐리고 비가 오네’라고 말하는 것과 다를 바 없는, 이 직업군에 속한 사람들만이 공유할 수 있는 일상적인 정보 교환이자 서로를 향한 투박한 연대에 가까웠다.

나는 그 구석 자리에 가만히 앉아, 믹스 커피를 마시며 묘한 안도감을 느꼈다. 나만 이렇게 쩔쩔매고 요령이 없어 못 버는 게 아니었구나. 그 사실이 상처받은 내 자존심에 따뜻한 위로가 되면서도, 동시에 누군가의 뼈아픈 실패가 내 위안이 된다는 사실이 한없이 쓸쓸하고 서글펐다.

우리는 모두 브랜드도 색깔도 다른 각자의 택시를 몰며 이

도시를 헤매지만, 결국은 하루하루 비슷한 사납금과 생활비를 쫓으며 숨 막히는 계산을 반복하고 있었다. 고된 노동에 굽은 허리를 주먹으로 퍽퍽 두드리는 사람, 충혈된 눈을 거칠게 비비는 사람. 그 피로에 찌든 풍경들을 가만히 눈에 담으며 나는 속으로 생각했다.

택시 운전이라는 게 좁은 공간에 갇혀 혼자서만 외롭게 달리는 개인전 같지만, 실상은 각자의 핸들을 꼭 쥔 채 거대한 도시의 시스템이라는, 같은 구조를 버텨내는 사람들이 모여 있는 일이라는 것을.

무거운 공기를 뒤로하고 휴게실 문을 나설 때, 나는 괜스레 굳은 어깨를 크게 한 번 돌려 스트레칭을 했다. 오늘은 운이 지독하게 없었지만, 내일은 또 바람의 방향이 바뀔 수도 있다. 설령 내일도 오늘처럼 재수 없이 사납금을 못 채우는 우울한 하루가 반복된다 하더라도, 적어도 이 길거리에는 나와 똑같은 무게를 짊어지고 같이 묵묵히 버텨주는 사람들이 있다는 것을 나는 이제 분명히 알고 있었다.

도로 위에서 창문을 내리고, 가끔 신호 대기 중에 옆 차선 기사님과 마주치면 짧은 정보 교환이 날아다닌다. "오늘 콜 좀 어때요?" "어휴, 그나마 오후에 비 와서 좀 낫네요." "지금 공항 쪽은 아예 들어가지 마요, 빈 차만 널렸어." 이름도 나이도 모르는 낯선 타인들이지만, 우리는 같은 라디오 주파수를 맞춘 것처럼 동일한 리듬과 고충으로 오늘을 살아낸다.

다들 머릿속으로는 남은 사납금을 채우려 계산기를 두드리고 있고, 비가 오면 쑤셔오는 관절과 몸 상태를 계산하며 엑셀을 밟는다. 누군가는 호탕하게 허허 웃으며 창문 너머로 대답하지만, 깊게 패인 눈가에는 지울 수 없는 피로가 덕지덕지 묻어 있다. 그 생생한 풍경이, 이 직업이 나 혼자만의 고독한 싸움이 아니라는 걸, 나를 외롭지 않게 보듬어 알려준다.

***

길 위에서의 밥 한 끼

제때 점심을 챙겨 먹지 못한 날이면, 택시 안의 시간은 참으로 애매하고 잔인하게 흘러간다. 남들이 편안하게 식당에 앉아 밥을 넘겨야 하는 딱 그 점심시간대에 역설적으로 콜이 몰려들어올 때가 있기 때문이다.

'아, 딱 이거 한 콜만 더 뛰고 밥 먹자.' 스스로에게 했던 그 다짐은, 배차 알람이 울릴 때마다 무너져 결국 한 번이 두 번이 되고, 세 번으로 하염없이 늘어난다. 주린 배를 부여잡고 편의점 앞에 비상등을 켜둔 채 세워두고 삼각김밥의 비닐을 허겁지겁 벗겨 한 입 크게 베어 물다가도, 무심한 콜이 띠링 울리면 입 안의 밥알을 미처 다 삼키지도 못한 채 쫓기듯 다시 엑셀을 밟으며 출발한다.

이 바닥에서 따뜻한 밥 한 끼의 여유는 언제나 후순위로 차갑게 밀려난다. 택시 기사에게 배고픔이란, 계기판의 숫자 앞에서 그저 견디며 뒤로 미뤄야 하는 사치에 불과하다.

오후 시간의 태양은 따갑고, 콜의 흐름은 한없이 애매하다. 배차 알람이 뜨다가 멈추고, 다시 숨을 죽이다가 불쑥 뜬다. 그날 오후는 유난히도 일방적인 취소가 잦은 재수 없는 날이었다.

콜 알람이 울리면 심장이 먼저 철렁 반응한다. 재빠르게 손님의 출발지를 곁눈질로 확인하고, 내비게이션에 경로를 찍으며 망설임 없이 엑셀을 깊게 밟는다. '거리가 꽤 되네. 이번 건은 요금이 괜찮겠지.' 도착지까지 걸리는 예상 소요 시간을 머릿속으로 빠르게 계산하며, 그 시간에 비례하여 기대감이라는 달콤한 마음도 덩달아 부풀어 오른다.

그런데 출발지 도착을 불과 1~2분 남겨둔 시점, 액정 화면에 얄미운 알림창 하나가 불쑥 떠오른다.

[배차 취소]

내 차의 앞부분은 이미 손님을 태우기 위해 그 좁은 골목 방향으로 무리해서 꺾어 들어간 상태였는데. 나는 황급히 브레이크를 콱 밟으며, 허탈하게 다시 핸들을 반대로 꺾어 차를 돌려 나와야만 했다. 마치 경주를 하다 발을 헛디뎌 고꾸라진 것처럼, 심장이 갈 길을 잃고 툭 멈춰버린 듯한 기분이 든다. "아…

진짜." 나도 모르게 허탈하고 짧은 한숨이 새어 나온다.

'괜찮아, 지나간 건 잊고 다음 콜 잡으면 돼.' 쓰린 속을 다스리며 억지로 스스로의 어깨를 토닥인다.

불과 몇 분 뒤, 침묵을 깨고 다시 알람이 요란하게 울린다. 반사적으로 또 출발하고, 머릿속으로 요금을 계산하고, 알량한 기대를 품는다. 그러나 돌아오는 건, 또다시 무자비한 일방적 취소. 이런 어처구니없는 취소를 연속으로 두 번쯤 당하고 나면 꾹 눌러뒀던 짜증이 머리끝까지 확 치솟아 오른다.

그리곤 세 번째 취소 창이 떴을 때는 화를 넘어 알량한 자존심마저 예민하게 건드려졌다. '대체 내가 뭘 그렇게 잘못했는데? 차종이 맘에 안 드나? 늦게 가서 그러나?' 배차는 철저히 회사의 시스템이 맺어준 것이고, 취소 버튼은 늦기 싫어하는 손님이 자신의 편의를 위해 가볍게 누른 것일 뿐이다. 그런데도 참 이상하게 세상으로부터, 혹은 타인으로부터 내 존재가 무참히 거부당한 것만 같은 비참한 기분이 들어 속이 쓰렸다.

그날의 네 번째 취소 알림이 액정에 떴을 때, 나는 화조차 내지 못하고 오히려 헛웃음을 터뜨리고 말았다. 기가 막히고 허탈해서였다. 도로 갓길 주유소 옆 공터에 비상등을 켜고 차를 바짝 세웠다. 시동조차 끄지 못한 채, 가죽이 벗겨진 낡은 핸들 위에 맥없이 이마를 얹고 두 손을 떨궜다. 억울함 때문인지 핸들을 쥔 손끝이 이상하게 불덩이처럼 뜨거웠다.

‘아, 오늘은 죽어라 달려봤자 안 되는 지독하게 운이 없는 날인가 보다.’ 부족한 매출 숫자보다도 그 깊은 체념의 감정이 마음속에 먼저 무겁게 내려앉았다.

당시 느낀 택시 콜 취소라는 것은 단순히 몇천 원, 몇만 원의 돈이 날아가는 경제적 손실이 아니었다. 작은 희망과 기대가 싹둑 잘려 나가는 끔찍한 상실감에 가까웠다. 오른쪽으로 핸들을 꺾었다가 일방적으로 취소당하고, 다시 마음을 다잡고 왼쪽으로 틀었다가 또 거절당하고. 하루에도 수십 번씩 목적 없이 방향이 이리저리 뒤틀린다. 그런 일을 반복하다 보면, 이것은 내 의지대로 주행하는 운전이 아니라 그저 버티기에 불과하다는 자괴감이 밀려왔다.

이어 다섯 번째 배차 알람이 침묵을 깨고 울렸을 때, 나는 반사적으로 손을 뻗지 못하고 액정을 응시하며 잠시 망설였다. 수락 버튼을 누를까, 아니면 그냥 무시해버릴까.

택시 기사라는 이 고단한 일에서 가장 멘탈이 흔들리고 위험한 순간은 손님과 시비가 붙어 화가 났을 때가 아니다. 내 안에서 세상과 손님을 향한 차가운 냉소가 속에서 피어오를 때다. ‘어차피 힘들게 가봐야 또 눈앞에서 취소하고 다른 차 타겠지.’ 스스로에게 그런 비관적인 생각이 드는 바로 그 순간, 내가 하루 종일 애써 지켜왔던 마음이 와르르 무너져 내린다.

나는 핸들을 쥔 손에 힘을 주며, 눈을 감고 길게 심호흡을 한 번 내쉬었다. 그리고 무거운 손가락을 뻗어 콜을 수락했다.

다행히 이번 손님은 도착할 때까지 내 배차를 취소하지 않았다. 뒷좌석에 탄 손님은 지극히 평범했고, 그가 요구한 목적지 역시 길이 꼬이지 않는 무난하고 평탄한 곳이었다.

택시 기사는 단순히 엑셀을 밟고 도로를 달리는 능동적인 직업이 아니다. 좁은 차 안에서 누군가 선택해주기를, 문을 열어주기를 기다리는 지독하게 수동적인 직업이라는 사실을 그날 다시 배웠다.

그리고 기약 없는 기다림과 거절은, 사람의 속을 상상 이상으로 날카롭게 파고들어 자존감을 깎아먹는 잔인한 시간이다.

＊＊＊

피 말리는 퇴근 시간과
조용한 마감

택시 안에서 손님을 태우지 못하고 빈 차로 대기하는 그 시간은 하루 중 유난히 더디고 길게만 느껴진다. 육중한 차체는 도로 한구석에 멈춰 서서 미동조차 하지 않는데, 보닛 아래 엔진은 기름을 태우며 계속 웅웅 켜져 있고, 머릿속은 온통 숫자를 계산하느라 터질 듯이 복잡하다.

오늘 사납금까지 대체 얼마가 빵꾸났지? 마감 전까지 지독하게 뛰어도 최소 몇 콜은 더 받아내야 겨우 입에 풀칠이라도 하지? 창밖의 해가 빌딩 숲 사이로 붉게 기울며 뉘엿뉘엿 지기 시작하면, 축 처졌던 마음을 추스르며 다시금 생존을 위한 리듬을 억지로 끌어올린다.

모두가 집으로 향하는 퇴근 시간의 도로는 매일같이 아수라장, 그야말로 전쟁터와 다름없다. 차선 변경을 시도하는 차들의 경적 소리가 난무하고, 빨간 신호 대기는 유난히 지루하게 길어지며, 정류장에 서 있는 사람들의 발걸음은 하나같이 급하고 예민하다. 이 치열한 시간대에 택시 기사에게 가장 필요한 것은 무모한 속도가 아니라, 본능에 가까운 동물적인 '예측' 능력이다.

깜빡이도 없이 밀고 들어오는 앞차의 얌체 같은 움직임, 횡단보도 불이 켜지기도 전에 발을 내딛는 보행자의 위험한 방향, 어둠 속에서 번쩍 손을 들어 택시를 잡아채려는 승객의 그림자. 내 뇌가 이성적으로 상황을 파악하기도 전에, 브레이크에 얹어둔 내 발끝과 핸들을 쥔 두 손이 반사적으로 튀어 오르며 먼저 반응해야 한다.

이 숨 막히는 아수라장의 퇴근 피크 타임이 무사히 지나고 나면, 땀으로 흠뻑 젖은 등허리에 서늘한 바람이 스미며 오늘 하루 내가 거둔 초라하거나 뿌듯한 성과의 윤곽이 대략적으로 눈앞에 그려진다.

밤이 잉크처럼 짙어지고 자정을 향해 갈수록, 택시 미터기를 꺼야 하는 마감의 순간이 목밑까지 다가온다. 피로에 전 몸뚱어리를 이끌고 오늘은 딱 여기까지만 하고 무사히 집으로 돌아갈 것인가, 아니면 피곤을 꾹 참고 독하게 한 콜이라도 더 잡아 돈을 채울 것인가. 매일 밤 운전대 위에서 내리는 그 기로 앞의 결정은 단 한 번도 쉽게 내려진 적이 없었다.

어떤 날은 수술한 고관절이 욱신거리며 파업을 선언하듯 몸이 먼저 포기를 외치는 날이 있고, 또 어떤 날은 미터기에 찍힌 너무도 얄팍한 숫자가 차마 시동을 끄지 못하게 멱살을 잡고 늘어지는 날이 있다.

새벽 공기를 가르며 주차장에 차를 세우고 시동을 완전히 끄기 직전, 나는 고요해진 차 안에서 눈을 감고 오늘 겪은 하루를 거꾸로 되짚어본다. 무리하게 차선을 바꾸다 큰 사고를 낼 뻔한 아찔한 순간은 없었는지, 손님과의 마찰 없이 친절이라는 방어선을 무사히 잘 지켜냈는지, 그리고 뭣보다 삐걱거리는 내 아픈 몸이 이 혹독한 하루의 하중을 무사히 버텨주었는지.

마침내 미터기 종료 버튼을 누르고 하루를 마감하며, 최종 정산된 숫자를 가만히 확인한다. 그 액수가 남부럽지 않게 크지도, 그렇다고 밥을 굶어야 할 만큼 비참하게 작지도 않다 해도, 그 숫자는 내가 포기하지 않고 오늘 하루를 치열하게 살아냈다는 가장 정직하고 움직일 수 없는 증거다. 빈 차 표시등을 끄고 홀로 집으로 차를 몰고 돌아가는 그 캄캄한 밤길이, 하루 중 가장 서글프고도 완벽하게 조용한 나만의 시간이다.

2부

1평 남짓한 공간, 보이지 않는 선을 긋다

＊＊＊

타인의 마지막 인사를 향해 달린다는 것

택시를 몰다 보면 한 번쯤, 새벽이 다가오는 깊은 시간에 어두운 옷을 입고 장례식장으로 향하는 손님을 태울 때가 있다. 콜 화면 배차 알림에 선명하게 찍힌 'ㅇㅇ장례식장'이라는 목적지를 보고 나면, 엑셀로 향하려던 발끝과 핸들을 잡은 손이 순간적으로 무겁게 멎어버린다.

그날 뒷좌석에 탔던 중년의 남자는 머리부터 발끝까지 칠흑 같은 검은 정장을 입고 있었다. 그는 타자마자 깊은 한숨을 토해냈고, 입을 굳게 닫은 채 묵묵부답이었다. "기사님, ㅇㅇ장례식장으로 가주세요." 낮게 가라앉은 그 한 문장이, 목적지에 도착할 때까지 그가 내게 건넨 대화의 전부였다.

손님이 타면 으레 틀어두곤 하던 작게 흘러나오던 라디오 음악조차 서둘러 전원을 꺼버렸다. 캄캄한 차 안은 숨소리조차 들리지 않을 만큼 이상할 정도로 고요했고, 낮게 깔려 진동하는 택시의 디젤 엔진 소리만이 유령처럼 실내를 맴돌았다. 빨간 신호등에 걸려 차를 세워야 할 때마다, 나는 뒷좌석의 그가 조금의 충격이라도 느낄까 봐 평소보다 백배는 더 조심스럽고 부드럽게 브레이크를 밟았다.

남겨진 자의 슬픔을 싣고 달리는 이 택시가, 죽은 자를 배웅하러 가는 길을 위해 평소보다 과속하여 서둘러 달려가는 게 맞는지, 아니면 원래대로 가는 게 맞는지 나로서는 도무지 가늠할 수 없었기 때문이다.

장례식장에 가까워질수록, 꼿꼿했던 남자의 어깨가 견딜 수 없는 슬픔의 무게에 짓눌린 듯 점점 더 아래로 무너져 내리는 것이 룸미러를 통해 고스란히 보였다. 나는 그 처절한 뒷모습을 힐끔 바라보았다가, 이내 죄를 지은 사람처럼 황급히 시선을 거두고 앞만 바라보았다. 세상에는 굳이 입 밖으로 꺼내어 묻거나 눈으로 똑똑히 확인하지 않아도, 그 짙은 공기만으로도 전해져 오는 지독하게 아픈 감정이라는 것이 존재하니까.

무거운 침묵 끝에 마침내 목적지에 도착했을 때, 남자는 뒷좌석에서 지갑을 열어 결제 카드를 꺼내려다 말고 잠시 동작을 멈추었다. "새벽에 조용히 와주셔서 정말 수고하셨습니다." 목이 멘 듯 쉰 소리가 섞인 그 인사는 여느 때 듣던 손님들의 인사 말보다 훨씬 더 낮고 무거웠다.

나는 아무 말 없이 작게 고개를 숙여 그의 인사에 답했다. 결제를 마치고 문을 열고 내린 그가, 영안실 불빛이 새어 나오는 장례식장 입구를 향해 무거운 발걸음을 옮기는 쓸쓸한 뒷모습을 차를 세운 채 한참 동안 말없이 지켜보았다.

택시 운전대를 잡은 이후 그날 밤 나는 처음으로, 내가 모는 이 낡은 택시가 단순히 A 지점에서 B 지점으로 사람을 실어 나르는 기계적인 이동 수단만은 아니라는 것을 뼛속 깊이, 더 또렷하게 느낄 수 있었다.

누군가는 내 뒷좌석에 앉아 희망찬 내일을 꿈꾸며 출근길에 오르고, 누군가는 사랑하는 사람들을 만나기 위해 흥겨운 술자리로 향하며, 또 다른 누군가는 다시는 볼 수 없는 사람에게 마지막 작별 인사를 건네기 위해 눈물을 삼키며 장례식장으로 향한다.

우리는 모두 같은 잿빛 도로 위를 달리고 있지만, 저마다 짊어진 시간대와 감정의 결은 이토록 완벽하게 다르다. 그리고 평범한 택시 기사인 나는, 그 무수한 타인들의 각기 다른 슬픔과 기쁨, 끝과 시작의 사이를 아무렇지 않은 얼굴로 연결하며 그들의 삶에 아주 잠시 동안 개입하는 사람이다. 그 작지만 거대한 사실이 내 어깨를 짓누르듯 이상하게 무거우면서도, 한편으로는 숙연해질 만큼 담담하게 다가왔다.

　나는 깊게 숨을 들이마시며 다시 기어를 넣고 시동을 걸었다. 누군가의 치열했던 삶과 하루가 영원히 끝나는 바로 그 차가운 자리에서, 누군가의 낯선 하루는 또다시 아무 일 없다는 듯 무심하게 시작되고 있었다.

* * *

슬픔마저 멈출 수 없는
내 친구의 장례식

그로부터 얼마 지나지 않은 어느 날. 그날 내가 향해야 했던 곳은 생면부지 타인의 장례식장이 아니라, 다름 아닌 내 소중한 친구의 장례식장이었다. 막 새로운 콜을 수락하려던 찰나, 휴대폰이 짧은 진동과 함께 울렸다. 액정 위로 떠오른 다른 친구에게서 온 카톡 메시지 한 줄.

"… ㅇㅇ이 오늘 새벽에 상 당했다…"

나는 숨을 멈췄고, 그다음 이어지는 문장들은 차마 눈에 들어오지 않아 한 번에 읽어낼 수가 없었다. 차 안에 굳은 듯이 앉은 채, 나는 침침한 눈을 비벼가며 믿기지 않는 그 화면을 몇 번이고 다시 들여다보았다. 내가 피곤해서 잘못 본 거겠지, 누군가 급하게 치다 난 끔찍한 오타겠지.

하지만 문자는 바뀌지 않았다. 쿵, 하고 거대한 바위가 가슴을 짓누르며 심장이 발밑까지 철렁 내려앉는 서늘한 느낌이 식은땀 맺힌 손끝까지 퍼져나갔다. 그런데도 무심한 콜 배차 알림은 내 슬픔 따위는 안중에도 없다는 듯 기계적으로 삑삑 울려대고 있었고, 룸미러 너머 뒷좌석에는 이미 목적지를 향해 가야 할 낯선 손님이 타고 있었다.

나는 억지로 굳은 표정을 펴고 아무 일도 없다는 듯 평온한 표정을 가장한 채 부드럽게 엑셀을 밟았다. 당장 차를 세우고 오열하고 싶었지만, 내 운전은 여기서 멈출 수 없었다. 운전석에 앉은 사람의 사사로운 감정이나 슬픔 따위는 철저히 배제되어야 하기 때문이다. 목적지를 내비게이션에 찍고, 기계처럼 신호를 지키며, 앞차가 서면 기계처럼 브레이크를 밟았다.

멍하게 앞만 보고 달리는 그 짧고도 긴 주행 시간 동안, 나를 향해 환하게 웃던 내 친구가 차가운 주검이 되었다는 믿을 수 없는 소식이 귓가를 맴돌며 머릿속을 헤집어놓았다.

손님을 무사히 목적지에 내려줄 때까지 나는 끝내 한 방울의 눈물도 흘리지 않았다. 아니, 정확히는 마음 놓고 울 수조차 없었다. 수술 후유증으로 내 다리는 아직 곧게 펴지지 않았고, 조금만 무리해서 오래 서 있으면 보기 흉하게 다리를 절뚝거려야만 했다. 망가져 버린 내 초라한 모습을 그 누구에게도, 특히 나 친구의 마지막을 배웅하는 엄숙한 장례식장 한가운데서 사람들의 동정 섞인 시선을 받으며 보이고 싶지 않았던 나의 얄팍하고도 처절한 자존심 때문이었다.

손님을 내려주고 난 뒤, 나는 미친 듯이 울리는 다음 콜 알림을 꺼버렸다. 그리고 내비게이션 지도에 친구의 다정한 이름 대신, 차갑고 낯선 장례식장 주소를 소리 없이 검색해 찍어 넣었다. 차를 몰고 장례식장 근처에 도착했지만, 나는 도저히 화환이 늘어선 정문 앞까지 다가갈 용기가 나지 않아 멀찌감치 떨어진 어두운 갓길에 차를 세웠다.

차 안의 운전석에 웅크리고 앉아, 유리창 너머로 친구가 누워 있을 그 건물을 하염없이 바라만 보았다. 환한 입구 안으로 들어가는 사람들의 무거운 검은 옷차림, 슬픔에 잠겨 천천히 고개를 숙이며 흩어지는 사람들의 실루엣. 원래대로라면 상주를 위로하고 함께 눈물을 흘리며 바로 저 무리 한가운데 내가 서 있어야만 했는데.

차 문을 열고 한 발을 내디뎠다가, 나는 이내 도망치듯 다시 문을 닫아버리고 말았다. 비틀거리며 절뚝이는 내 모습을 조문객 중 누군가가 보게 될까 봐. 친구를 잃은 슬픔보다, 망가진 몸으로 생계를 잇는 내 처지가 행여나 더 값싼 동정거리로 전락해 불쌍해 보일까 봐 너무도 두려웠다. 차가운 차체에 무너지듯 기대어 서서 한참 동안 푹 고개를 숙였다. 유족에게 위로의 전화

한 통 걸 용기조차 내지 못했고, 차마 저 밝은 입구 안으로 들어가지도 못한 채, 그저 어두운 주차장에서 멀리 장례식장 간판의 불빛만 하염없이 바라보았다.

"정말 미안해, 나 지금 일을 멈출 수가 없어서 도저히 못 들어가." 가슴이 찢어지도록 속으로 건네는 그 절박한 사과조차, 결국은 다치고 초라해진 내 자존심을 감추기 위한 비겁한 변명처럼 느껴져 입술을 꽉 깨물었다. 하지만 부정할 수 없는 그것이 지금 내게 허락된 지독한 현실이었다. 내가 몰고 있는 이 택시는 타인의 바쁜 하루를 결코 멈춰주지 않는 것처럼, 운전대를 잡고 있는 내 서글픈 하루 역시 내 슬픔을 핑계 삼아 단 1분 1초도 멈춰주지 않았다.

나는 무거운 몸을 이끌고 다시 차가운 운전석에 올랐다. 시동 키를 돌리기 전, 식은땀이 밴 양손으로 거친 핸들을 부서져라 꽉 부여잡았다. 그제야 꾹꾹 눌러 참았던 뜨거운 눈물이 둑이 터진 듯 뺨을 타고 툭툭 흘러내리기 시작했다. 누군가 들을까 소리조차 내지 못한 채 울음을 토해냈다. 그리고 눈물을 거칠게 훔쳐내며, 다시 무심한 도로를 따라 택시를 출발시켰다.

그날 이후로 나는 택시 기사로서 하나의 진리를 뼈아프게 깨닫게 되었다. 이 직업은 단순히 남보다 운전을 빠르고 부드럽게 하는 운전 기술뿐만 아니라, 손님 앞에서는 내 속이 문드

러져도 철저히 내 감정을 죽이고 숨기는 고도의 감정 노동 기술까지 함께 배워나가야만 버틸 수 있는 일이라는 것을. 그리고 세상의 어떤 지독한 슬픔은, 하차할 도착지조차 찾지 못한 채 뒷좌석에 앉아 평생을 끈질기게 따라 탄다는 사실도.

도로를 질주하며 백미러를 스쳐 지나갔던 수많은 타인의 얼굴들이 흐릿한 사진처럼 하나둘씩 스쳐 지나간다. 가는 내내 쉴 새 없이 세상에 대한 불만을 떠들어대던 손님, 타는 순간부터 내릴 때까지 무겁게 창밖만 바라보며 침묵을 지키던 손님. 그들의 잔상을 지워내며 나는 오늘도 스스로에게 묻는다. 나는 과연 오늘 하루, 수많은 감정의 소용돌이 속에서도 상처받기 쉬운 나 자신을 무사히 잘 지켜내며 운전대를 놓았는가.

어두워진 주차장에 도착해 차를 반듯하게 세우고 덜컹거리던 시동을 완전히 끄면, 비로소 나의 길고 고단했던 하루의 문도 철컥 하고 굳게 닫힌다. 이처럼 택시 기사의 하루라는 것은 남들 시선에 영화처럼 스펙터클하고 특별한 사건 없이, 어느 길로 꺾을지, 누구를 태울지, 언제 쉴지와 같은 무수하고 소박한 작은 선택들이 모여 묵묵히 하나의 덩어리로 완성될 뿐이다.

그리고 무거운 밤이 지나고 다시 푸른 새벽이 밝아오면, 나는 어제와 똑같은 낡은 운전석 자리에 앉아 엔진을 커며 어제와 똑같은 묵직한 질문으로 하루의 문을 다시 연다.

'다치고 고단한 내 몸을 이끌고, 나는 과연 오늘은 어디까지 달릴 수 있을까.'

* * *

손님과의 거리,
나와의 거리

어느 날은 몸보다 마음이 먼저 천근만근 무거워진 채로 아침을 맞이했다. 눈을 떴을 때, 다행히 수술했던 고관절의 상태는 괜찮았다. 전날보다 덜 뻐근했고 움직임도 나쁘지 않았다. 몸은 분명 나를 향해 "오늘도 달릴 수 있다"고 정직하게 신호를 보내고 있었다.

그런데 이상하게도 시동을 걸기 전부터 자꾸만 손이 느려졌다. 익숙하게 핸들을 꽉 잡고서도 곧바로 엑셀을 밟고 출발하지 못했다. 몸의 피로 때문이 아니라, 마음이 한 박자 늦게 뒤따라오는 듯한 기묘한 무력감 때문이었다.

그날의 운행 자체는 유별날 것이 하나도 없었다. 평소와 다름없는 익숙한 도로, 평소처럼 스쳐 지나가는 평범한 손님들. 뒷좌석의 누군가는 살갑게 말을 걸어왔고, 또 다른 누군가는 무거운 침묵을 선택했다. 모두 매일같이 마주하는 익숙하고 건조한 풍경일 뿐이었다.

하지만 차 안에 차곡차곡 쌓이는 타인들의 말들이 그날따라 유난히 진득하고 무겁게 느껴졌다. 누군가가 쏟아내는 세상에 대한 불평, 누군가가 읊조리는 깊은 후회, 그리고 누군가가 창밖으로 흘려보내는 짙은 한숨까지. 예전 같으면 목적지 도착과 함께 가볍게 털어내고 흘려보냈을 타인의 이야기들이, 그날만큼은 내 몸이 아닌 마음 한구석에 무겁게 가라앉아 남았다.

나는 그날 유독 자주 룸미러를 올려다보았다. 뒷좌석의 손님을 관찰하기 위해서라기보다는, 룸미러에 비친 내 서글픈 얼굴을 확인하기 위해서였다. 행여나 내 피곤함이 너무 노골적으로 드러나 보이지는 않는지, 팍팍한 삶의 무게 때문에 표정이 딱딱하게 굳어 있지는 않은지 살피기 바빴다.

신호에 걸려 차를 멈춰 세웠을 때, 불현듯 이런 질문이 머릿속을 맴돌았다. '나는 지금 이 낯선 사람들과 어디까지 같이 가고 있는 걸까.'

택시 기사라는 직업은 손님이 원하는 물리적인 목적지까지만 동행하면 끝나는 일이다. 하차한 이후 그들이 짊어져야 할 각자의 인생 무게까지 내가 넘겨받아 책임질 필요는 전혀 없다.

머리로는 그 명확한 사실을 아주 잘 알고 있으면서도, 막상 그 좁은 공간에서 감정의 경계선을 냉정하게 지켜내는 일은 생각보다 훨씬 더 어렵고 고단했다.

모든 운행을 마치고 집에 돌아와 늘 그렇듯 내 몸의 상태부터 꼼꼼히 살폈다. 다행히 날카로운 통증은 없었고, 육체는 충분히 괜찮았다. 그래서 오히려 더 분명하게 깨달을 수 있었다. '아, 오늘은 육신이 아니라 내 마음이 먼저 멈춰 서서 쉬어야만 하는 날이구나.'

나는 그날 밤, 다음 날 아침의 알람을 평소보다 조금 일찍 꺼버렸다. 내일의 노동을 무리하게 앞당겨 걱정하는 대신, 버거웠던 오늘의 내 감정부터 차분히 정리하기로 마음먹었다. 이 일은 내 망가진 몸의 물리적 한계만을 시험하는 1차원적인 노동이 아니라, 타인과 나 사이의 보이지 않는 마음의 선을 아슬아슬하게 지켜내야 하는 예민한 일이라는 것을 그제야 조금은 알 것 같았다.

손님과 나 사이의 심리적인 거리는 확연히 눈에 보이지는 않지만 분명히 존재했다. 이 일을 막 시작했을 무렵에는 그 적당한 거리감을 전혀 몰랐다. 누군가 내게 말을 걸면 친절하게 다 받아주었고, 자신의 서글픈 이야기를 털어놓기 시작하면 끝까지 진심으로 귀 기울여 들어주었다. 어차피 택시 안에서의 만남은 길어야 몇십 분짜리 짧은 동행이니까, 그 정도의 감정 소모는 내어주어도 괜찮다고 순진하게 생각했다.

하지만 하루에도 수십 명의 각기 다른 사연을 뒷좌석에 태우고 달리다 보니, 어느새 내가 감당해야 할 몫이 아닌 타인의 무거운 감정들까지 좁은 차 안으로 밀려 들어와 뒤엉켰다. 누군가의 날 선 분노, 누군가의 쓰라린 후회, 누군가의 지독한 외로움이 그들이 차 문을 닫고 내린 뒤에도 빈 차 안에 남아 나를 짓눌렀다.

나는 상처를 거듭하며 점차 깨닫게 되었다. 뒷좌석에서 흘러나오는 모든 말들에 온 마음을 다해 반응할 필요는 없다는 것을. 세상의 모든 기구한 사연에 내 귀한 마음 한 조각을 기꺼이 다 내어줄 필요도 없다는 것을.

어느 순간부터 나는 거울 너머로 건네는 대답의 길이를 의식적으로 줄여나갔다. 꼭 필요한 말만, 너무 뜨겁지도 차갑지도 않은 딱 적당한 온도로만. 때로는 굳이 위로의 말을 건네는 대신 조용히 고개를 끄덕여주는 정도만으로도, 이 스쳐 지나가는 짧은 동행에서는 충분한 순간들이 참 많았다.

＊＊＊

격벽이 나를 지켜준 밤

차 안에 내려앉은 침묵이 전혀 불편하지 않은 날도 있었다. 라디오 볼륨을 낮게 줄여두고 오롯이 도로의 흐름에만 집중하는 고요한 시간. 그것은 손님을 향한 불친절이나 무례가 아니라, 좁은 공간에 함께 머무는 서로를 가장 편안하게 배려하는 최선의 선택이기도 했다.

뒷좌석의 누군가는 목적지에 닿을 때까지 끊임없이 말을 걸어왔고, 또 다른 누군가는 입을 굳게 닫은 채 그 적막을 온전히 반겼다. 이 일을 하며 깨달은 중요한 사실 중 하나는, 내가 만나는 수많은 손님 모두를 똑같은 방식으로 대하며 감정을 소모할 필요가 없다는 것이었다.

손님과 적당한 거리두기를 하는 것은 상대를 향해 차갑게 담장을 치는 일이 결코 아니었다. 그저 우리가 약속한 목적지까지만 안전하게 동행하겠다는, 택시 본연의 깔끔하고 정직한 약속에 가까웠다.

그렇게 나는 이 네모난 공간 안에서 조금씩 나 스스로를 보호하는 법을 체득해 나갔다. 이 거친 바닥에서 오래도록 살아남기 위해서, 그리고 하루의 끝에 내일 다시 시동을 걸 수 있을 만큼 온전한 마음 상태로 무사히 집에 돌아가기 위해서. 손님과의 심리적 거리를 좁히지 않는 것은, 결국 다치기 쉬운 나 자신과의 거리를 단단하게 지켜내는 생존법이었다.

그날 밤에 태운 손님은 처음 탔을 때만 해도 그리 특별하거나 위험해 보이지 않았다. 지극히 평범한 목소리, 내비게이션에 찍힌 평범한 목적지. 나는 여느 때와 다름없이 편안한 마음으로 부드럽게 엑셀을 밟으며 차를 출발시켰다.

문제는 그가 던지는 말의 방향이었다. 가벼운 날씨나 길 안내로 자연스럽게 흘러가던 대화가, 어느 순간부터 묘하게 선을 넘어 나라는 사람을 향해 끈적하게 기울기 시작했다. 내 이전 직업을 묻고, 나이를 캐묻고, 젊은 여자가 왜 하필 험한 택시 일을 하게 됐는지를 집요하게 파고드는 무례한 질문들.

처음에는 그저 친절한 서비스라 생각하고 적당한 선에서 둘러대며 가볍게 대답했다. 내 사연을 굳이 구구절절 늘어놓지 않으려 애쓰면서. 하지만 그의 질문은 내 대답을 비웃기라도 하듯, 점차 내가 원치 않는 찜찜한 방향으로 뱀처럼 뻗어 나갔다.

"기사님, 차 혼자 모시는 거예요?" "젊은 아가씨가 이 늦은 새벽 시간까지 일하면 안 힘들어요?" 걱정을 가장한 그 말들 사이사이에는 불쾌하고 설명하기 어려운 묘한 공기가 섞여 있었다.

나는 불안한 마음에 룸미러를 힐끔 올려다보았다. 백미러 너머의 손님은 입꼬리를 올리며 실실 웃고 있었지만, 그 웃음이 단순한 대화를 잇기 위한 호의인지, 아니면 나를 만만하게 보고 거리를 좁히려는 불순한 접근인지 냉정하게 판단할 필요가 있었다.

어느새 온몸의 근육이 뻣뻣하게 굳어졌다. 수술했던 고관절의 뻐근함 때문이 아니라, 직감이 먼저 위험을 감지하고 반응해 뿜어내는 서늘한 긴장감 때문이었다. 나는 그 경고 신호를 그날 처음으로 가볍게 무시하지 않았다.

밀폐된 택시 안에는 어느새 손님의 몸에서 풍기는 지독한 술 냄새가 코를 찌를 듯 진동하고 있었고, 룸미러 너머로는 내 뒤통수를 훑어내리는 손님의 따가운 시선이 소름 끼치게 느껴졌다.

"어려 보이는데 여자분이 험한 택시 몰고 다니다니 참 대단하시네." "나도 이렇게 생활력 강하고 야무진 여자를 진작 만났어야 했는데 말이야."

시간이 흐를수록 그의 입에서는 점점 더 부담스럽고 노골적인 말들이 튀어나오고 있었다. 나는 직감적으로 대답의 길이를 잘라버렸다. 불쾌한 질문에는 단답형으로만 응수하고, 불필요한 맞장구는 아예 거두어버렸다. 목소리의 온도를 차갑게 낮추고, 오직 어두운 앞길로만 시선을 고정한 채 운전에만 몰두했다.

하지만 나의 명백한 거절의 제스처에도 아랑곳하지 않고, 뒷좌석의 손님은 계속해서 질문의 농도를 짙게 물들이며 선을 넘어왔다. "기사님, 혹시 만나는 남자친구 있어요? 나 본인 명의 차도 있고 나름 능력도 있는 사람인데." "어디 가서 차 한잔하게 개인 연락처 좀 줄 수 없어요?"

나는 속으로 치밀어 오르는 불쾌감을 꾹 억누른 채, 최대한 감정을 싣지 않고 정중하게 대답했다. "만나는 남자친구 있습니다." 단호하게 선을 긋고 대화를 차단하려는 나의 마지막 방어선이었다.

바로 그때, 등 뒤에서 등골을 서늘하게 만드는 소름 끼치는 혼잣말이 들려왔다. "아 씨, 이놈의 격벽만 없었어도 어떻게 한 번 해보는 건데…."

순간 머릿속이 새하얘질 만큼 당황스럽고 소름이 돋았지만, 나는 행여나 그가 자극받아 돌발 행동을 할까 봐 애써 태연한 척 "하하" 하고 영혼 없는 억지웃음을 지으며 상황을 무마했다. 두 손은 식은땀으로 흥건해진 채 핸들을 부서져라 꽉 쥐고 있었다.

그 끔찍한 찰나, 운전석과 뒷좌석 사이를 가로막고 있는 투명한 플라스틱 격벽이 그토록 든든하고 고마울 수가 없었다. 그것이 물리적으로 나를 지켜주고 있다는 사실 하나가 미칠 듯이 요동치던 심장을 그나마 안심시켜 주었다.

그날 밤 나는 뼈저리게 깨달았다. 택시 일이라는 게 그저 도로 위를 달리기만 하는 것이 아니라, 때로는 단호한 제동이 필요하다는 사실을. 차가 위험을 피하기 위해 브레이크를 밟아야 하듯, 위험한 손님과의 대화에도 명확한 '멈춤' 버튼이 필요했다.

다음 신호등의 붉은 불빛에 걸려 차가 멈춰 섰을 때, 차 안은 무거운 정적에 휩싸였다. 팽팽하게 당겨진 그 침묵이야말로, 내가 스스로를 지키기 위해 필사적으로 쳐둔 방어막이자 거리였다.

마침내 길고 길었던 목적지에 도착했을 때, 나는 평소보다 훨씬 더 크고 또렷한 목소리로 단호하게 말했다. "도착했습니다."

손님은 굳게 닫힌 격벽 너머로 잠시 미련이 남은 듯 망설이다가, 끝내 아무 말 없이 문을 열고 내렸다. 쾅! 하고 거칠게 문이 닫히는 소리가 고요한 밤거리에 유난히 크게 울려 퍼졌다.

다시 텅 빈 차 안에 오롯이 혼자가 되자, 그제야 참고 있던 긴 숨이 한꺼번에 터져 나왔다. 도대체 무슨 일이 일어난 건지 논리적으로 정확히 설명할 수는 없었지만, 내 안전선을 침범해 넘어오려던 기분 나쁜 기척만큼은 온몸의 솜털이 곤두설 만큼 분명하고 생생했다.

그날 이후로 나는 택시 운전석에 앉는 태도를 완전히 바꾸었다. 직업적인 '친절'과 무조건적인 '허용'은 엄연히 다르며, 기사로서의 '의무적인 일'과 사적인 '호의'는 칼같이 구분해야 한다는 걸 몸으로 배웠다.

그리고 나를 지키는 그 단단한 경계선은 회사나 경찰이 알아서 지켜주는 것이 아니라, 험한 밤거리를 달리는 나 자신이 가장 먼저 날을 세워 쳐두어야 한다는 것도.

여성 택시 기사로서 느끼는 안전에 대한 위협은 끔찍한 사건이 터진 뒤에야 부랴부랴 떠올리는 뒤늦은 숙제가 아니었다. 아무 일도 일어나지 않는 평범한 일상 속에서도 늘 날을 세우고, 내 몸과 감각에 예민하게 새겨두어야 하는 생존 본능에 가까웠다.

인적 드문 늦은 시간, 가로등 불빛조차 희미한 빈 골목에 차를 정차할 때면 나는 항상 습관적으로 백미러와 좌우 창밖을 꼼꼼히 살폈다. 억지로 의식해서 하는 행동이 아니라, 살기 위해 이미 몸에 깊게 밴 생존의 동작이었다.

새로운 손님이 탈 때면 가장 먼저 차 문이 닫히는 둔탁한 소리부터 예민하게 귀에 담았다. 잠금장치가 내려가는 소리, 엔진이 부드럽게 도는 소리, 그리고 낯선 타인이 타면서 미세하게 달라지는 차 안 공기의 흐름과 밀도. 그 당연한 일상의 순서가 조금이라도 어긋나거나 낯선 기운이 느껴지면 나도 모르게 가슴 한구석이 서늘하게 불편해졌다.

그 끔찍했던 밤 이후, 나는 길거리에서 손을 흔드는 손님 중 심하게 취기가 오른 사람들은 자연스럽게 피하게 되었다. 되도록 신원이 확실하게 보장되는 카카오 T 앱 예약 콜로만 승객을 받았고, 설령 콜로 잡힌 손님이라 할지라도 승차 전 한 번 더 스캔하는 신중함이 생겼다. 그것은 내가 유난히 겁이 많고 약해서가 아니라, 이 어두운 도로 위에서 내 안전을 책임질 수 있는 사람은 오직 나 자신뿐이라는 절박함 때문이었다.

손님과 나누는 대화의 선 역시 내 생존과 직결된 중요한 안전장치였다. 택시 안에서의 지나친 웃음이나 필요 이상의 사적인 친절은, 때로는 거친 타인에게 헛된 오해와 착각의 빌미를 제공할 수 있다는 걸 소름 끼치는 경험을 통해 뼈저리게 배웠다. 그래서 나는 싹싹한 친절을 버리고, 건조하지만 단호한 '명확함'을 무기로 선택했다.

운전석에 앉은 순간만큼은 이 차의 주인이 손님이 아니라 나라는 사실을 결코 잊지 않으려 다짐했다. 손님이 가고자 하는 목적지, 효율적인 주행 경로, 그리고 차 안에서의 기본적인 매너. 이 모든 것들은 기분 좋게 타협하거나 양보할 대상이 아니

라, 무사히 운행을 마치기 위해 반드시 지켜져야 할 굳건한 기
본값이었다.

"어머, 세상에. 여자 기사님이 모는 택시는 머리털 나고 처
음 타보네요."

일을 하다 보면 정말 수도 없이 듣는 말이지만, 그 문장은 결
코 늘 같은 톤과 뉘앙스로 들리지 않는다. 순수한 감탄과 놀람
일 때도 있었고, 불쾌한 호기심이 담겨 있을 때도 있었으며, 그
저 침묵을 깨기 위해 아무 생각 없이 툭 던진 말일 때도 있었다.
하지만 그 의도가 무엇이든 간에, 나는 그 문장을 들을 때마다
나도 모르게 한 번 더 마음속으로 꾹꾹 눌러 받아 적으며 긴장
하게 되었다.

이 일을 갓 시작했던 초보 시절에는 그저 어색하게 헤헤 웃
어넘기곤 했다. 그게 손님의 심기를 거스르지 않고 상황을 부드
럽게 넘길 수 있는 가장 무난한 서비스 반응처럼 보였기 때문이
다. 하지만 억지웃음을 지은 뒤에는 늘 입맛이 썼고, 내가 왜 이
자리에 앉아 있는지 내 존재를 끊임없이 해명하고 증명해야 할
것 같은 찝찝한 기분이 남았다. 여자라는 이유로 행여나 무시
당할까 봐 괜히 운전을 더 과감하고 능숙하게 잘하는 척해야 할
것 같았고, 사소한 실수라도 할까 봐 어깨에 잔뜩 힘이 들어가
훨씬 더 예민하게 조심해야만 했다.

그러나 수많은 손님을 거치며 굳은살이 박인 어느 순간부

터, 나는 더 이상 내 상처를 숨기며 과장되게 웃어주지 않았다. 대신 평소와 다름없는 건조하고 평온한 톤으로 짧은 눈인사와 함께 가볍게 대답했다. "아, 네. 그러시군요." 딱 그 이상도, 그 이하의 의미도 담지 않은 채로.

차는 내가 밟는 엑셀에 맞춰 평소처럼 부드럽게 치고 나갔고, 붉은 신호에는 오차 없이 정확하게 멈춰 섰다. 택시 기사로서의 운전 실력과 자질은 성별 따위와는 아무런 상관없이, 도로 위에서 달리는 매끄러운 바퀴로 똑같이 증명될 뿐이었다. 신기하게도 내가 굳이 변명하듯 덧붙여 설명하지 않고 묵묵히 핸들만 잡고 있을 때, 상대방 역시 머쓱해하며 더 이상 불필요한 말을 꺼내지 않고 입을 다물었다.

그 지겨운 문장을 수백 번쯤 듣고 상처받은 뒤에야 나는 비로소 깨달았다. "여자 기사님은 처음이네요"라는 그 말은 나라는 사람의 한계나 능력을 깎아내리고 규정하려는 폭력적인 말이 아니라, 그저 승객 본인이 살아온 '익숙한 편견'이 끝나는 낯선 지점에서 당황하여 튀어나오는 무의식적이고 반사적인 소리라는 것을.

그래서 이제는 백미러 너머로 그 말을 들어도 더 이상 쉽게 흔들리거나 요동치지 않는다. 살아가면서 무엇이든 '처음 겪는 낯선 일'이라는 건 언제나 누구에게나 일어날 수 있는 자연스러운 현상이고, 손님이 낯설어하며 당황하는 반응까지 굳이 내가 감정 노동을 해가며 책임지고 떠안을 필요는 없기 때문이다.

나는 오늘도 쏟아지는 시선들을 쿨하게 등 뒤로 넘긴 채 평소처럼 운전대를 쥔다. 신기한 볼거리인 '여자 기사'로서가 아니라, 그저 묵묵히 엑셀을 밟아 이 차를 손님의 목적지까지 가장 안전하게 데려다주는 한 명의 늠름하고 당당한 프로로서.

* * *

뒷좌석에 시한폭탄을 싣고
달리는 기분

하지만 또다시 얼마 지나지 않아 겪었던 일이다. 늦은 밤, 몸도 가누지 못할 정도로 만취한 중년 손님을 뒷좌석에 싣고 목적지를 향해 조심스레 어두운 밤거리를 달리고 있었다.

손님은 차에 털썩 주저앉자마자 코를 골며 깊은 잠에 빠져들었다. 덜컹거리는 진동이나 쉴 새 없이 울려대는 본인의 휴대폰 벨 소리에 화들짝 놀라 잠깐씩 눈을 떴지만, 이내 고개를 떨구고 다시 인사불성으로 잠들기를 수십 번 반복했다. 나는 늘 그렇듯 룸미러로 그의 상태를 힐끔거리면서도, 그저 그가 무사히 토하지 않고 목적지까지 도착하기만을 바라며 운전에만 온 신경을 집중하고 있었다.

그러다 덜컹 방지턱을 넘는 순간, 잠에서 화들짝 깬 손님이 초점 없는 눈으로 나를 향해 불쑥 물었다. "어이, 기사. 이거 지금 무슨 차야? 내가 대리를 부른 거야, 아니면 택시를 탄 거야?"

내가 백미러를 보며 차분하게 택시라고 대답하자, 손님은 술에 잔뜩 잠겨 꼬인 혀로 중얼거렸다. "오, 어린 여자분이 밤에 택시도 몰고 참 대단하네. 나 급한 거 하나도 없으니까 천천히 가도 돼. 무조건 안전운전 부탁해, 아가씨."

나는 안도하며 친절하게 알겠다고 대답했고, 손님은 다시 차창에 머리를 기대고 깊은 잠에 빠져들었다.

하지만 그 평화는 그리 오래가지 않았다. 불과 몇 분 지나지 않아 정적을 깨고 다시 요란하게 울려댄 벨 소리에 억지로 깨어난 그는, 갑자기 완전히 다른 사람처럼 태도가 돌변해 소리를 빽 질렀다. "야! 너 지금 여기가 어디야? 내가 아까 탄 지가 언젠데 왜 아직도 이것밖에 못 왔어? 장난해? 당장 빨리 안 밟아?!"

불과 몇 분 전 다정하게 안전운전을 당부하던 모습과는 완전히 180도 정반대의 위협적인 말투였다. 내비게이션을 확인해 보라며 억지를 부리고 훈계하듯 욕설 섞인 몇 마디를 거칠게 내뱉더니, 손님은 언제 그랬냐는 듯 또다시 고개를 푹 숙이고 잠들어버렸다.

순간 뒷골이 서늘해지며 등줄기를 타고 식은땀이 흘러내렸다. 지킬 앤 하이드처럼 돌변하는 손님의 태도에 롤러코스터를 탄 듯한 그 짧은 주행 시간 동안, 나는 이미 온몸의 기운이 다 빨려 나간 듯 녹초가 되어버렸다. 몸은 뻣뻣하게 굳은 채 운전석에 매달려 있었지만, 나는 두려움과 피로에 절어 이미 너덜너덜하게 지쳐버린 상태였다. 머릿속에는 오직 하나, '제발 1분이라도 빨리 목적지에 도착해서 이 시한폭탄 같은 진상 손님을 무사히 길바닥에 내려주고 싶다'는 간절한 생각뿐이었다.

식은땀을 흘리며 간신히 목적지에 도착했지만, 뒷좌석의 손님은 마치 기절한 듯 좀처럼 깨어나지 못했다. 뒷문을 열고 어깨를 흔들며 몇 번이나 큰 소리로 부르고 나서야, 그는 비몽사몽 짜증 가득한 붉은 얼굴로 비틀거리며 차에서 내렸다.

나는 그가 닫힌 차 문에 기대어 있다 다치지 않도록 골목길 안쪽으로 완전히 걸어 들어가는 것을 백미러로 끝까지 확인했다. 그리고는 미련 없이 엑셀을 밟아 도망치듯 황급히 다음 콜 목적지를 향해 그 지옥 같았던 자리를 벗어났다.

친절은 결코 의무가 아니었다

그 일이 있고 두 시간쯤 지났을 때였다. 다음 손님을 모시고 운행하던 중 한 통의 전화가 걸려 왔다. 아까 그 만취했던 손님이었다. 택시에 안경을 두고 내렸다는 다급한 연락이었다.

이런 상황이 익숙해진 지금의 나라면, 일단 현재 타고 있는 손님을 무사히 목적지에 내려드린 뒤에 차를 세우고 다시 전화를 걸었을 것이다. 하지만 그때의 나는 운전대를 잡은 지 얼마 되지 않은 어설픈 초보 기사였다. 요란하게 울리는 벨 소리에 당황한 나머지, 상황을 판단할 겨를도 없이 무작정 통화 버튼을 눌러버렸다. 그 섣부른 선택이 지루하고 피곤한 실랑이의 서막이 될 줄은 그때는 미처 알지 못했다.

수화기 너머의 손님은 다짜고짜 다급한 목소리로 윽박지르듯 말했다. "기사님, 그 안경 제 눈이나 다름없어요. 당장 없으면 아무것도 안 됩니다. 지금 당장 이쪽으로 가져다주세요."

나는 현재 다른 손님을 모시고 운행 중이라 당장은 곤란하다고 거듭 설명하며, "손님을 내려드리고 나서 다시 연락드리겠다"고 양해를 구했다. 지금의 단단해진 나였다면 단호하게 "일단 기다리세요"라고 한마디 남긴 뒤 미련 없이 전화를 끊어버렸을 것이다. 하지만 그때의 나는 손님이 먼저 끊기 전에 기사가 일방적으로 전화를 끊으면 큰일이라도 나는 줄 알았다.

결국 우리는 끝없는 반복 속에 갇혔다. 나는 곤란한 상황을 앵무새처럼 반복해서 설명했고, 손님은 막무가내로 당장 가져오라는 억지 요구만 말했다. 요령 없는 초보 기사와 오직 자기 사정만 중요한 이기적인 손님 사이에서, 그날의 소모적인 실랑이는 그렇게 밤거리를 맴돌고 있었다.

긴 실랑이 끝에 나는 현재 손님을 내려드린 뒤, 안경을 내가 있는 곳에서 가장 가까운 지구대에 맡겨두겠다고 못 박았다. 나중에 그곳으로 직접 찾아가시면 된다고 최대한 감정을 억누르고 차분한 목소리로 설명했다.

솔직히 말해, 퇴근하는 길에 굳이 그의 집 앞까지 가져다줄 수도 있었다. 다른 방법이 아예 없는 것은 아니었다. 하지만 나는 굳이 그런 호의를 베풀지 않기로 결심했다. 그날의 나는 그 무례한 손님과 단 1초도 다시 마주하고 싶지 않았다. 그는 이미 내 인내심의 선을 너무 많이 넘었고, 나는 상처받은 내 감정을 애써 억누르며 그를 다시 감당할 마음의 여유가 한 톨도 남아 있지 않았다.

맹목적인 친절은 택시 기사의 의무가 아니다. 특히 상대방이 오로지 자기 사정만을 앞세워 타인의 시간과 수고를 너무도 당연하게 착취하려 들 때는 더더욱 그렇다. 나는 '지구대 분실물 접수'라는 선택지야말로, 그와 나 사이에 둘 수 있는 가장 안전하고 '공적인 거리'라고 생각했다. 억지 부리는 사람 없이 누구도 억울하지 않고, 더 이상 불필요한 감정 소모를 겪지 않아도 되는 가장 깔끔한 방식.

전화를 끊고 잠시 멈췄던 차를 다시 출발시켰다. 멈췄던 운행은 이어졌고, 그날의 무거운 밤도 계속해서 흘러갔다. 하지만 나는 분명히 깨달았다. 이 피곤한 소동을 겪고 난 후, 내 안에 단단한 기준이 하나 세워졌다는 것을. 무례한 사람에게까지 나의 모든 친절을 바닥까지 긁어 쥐여줄 필요는 없다는 명확한 기준이었다.

그날 이후, 나는 스스로를 지키기 위한 몇 가지 운행 기준을 만들었다. 택시 회사에서 시켜서 한 것도, 어떤 매뉴얼에 적혀 있던 것도 아니었다. 오직 그 서늘했던 밤을 견뎌내며 내 몸과 마음에 생생하게 남은 감각들이 자연스럽게 다듬어낸 나만의 생존 규칙들이었다.

첫 번째, 운행 중에는 절대 사적인 전화를 받지 않는다. 그것이 분실물을 찾는 다급한 전화든, 불만을 품은 항의 전화든 간에, 언제나 최우선은 지금 내 뒷좌석에 모시고 있는 손님이다. 누군가의 "당장 급하다"는 억지가 내 운행의 안전과 원칙보다 우선될 수는 없다는 걸 그날 뼈저리게 배웠다.

두 번째, 설명은 딱 한 번만 단호하게 한다. 서로 같은 말을 무의미하게 반복하게 되는 순간, 그 대화는 문제 해결이 아니라 감정을 갉아먹고 소모하는 일로 변질된다는 걸 깨달았다. 상대방을 내 상식으로 '이해'시키는 일과, 무리하게 '설득'하려 드는 일은 엄연히 다르다는 사실도 함께.

세 번째, 집까지 직접 가져다주는 과잉 친절은 나의 기본값이 아니다. 물리적으로 가능하다고 해서 내가 무조건 희생해야 하는 건 아니었다. 공적인 시스템과 절차가 마련되어 있는 일은, 철저하게 공적인 방식과 기관으로 넘긴다.

네 번째, 내 안에서 불편한 경고등이 켜졌다면 그 감각을 절대 무시하지 않는다. 그저 피곤해서 드는 기분 탓이겠거니 넘기지 않고, 억지로 괜찮은 척 웃어넘기지도 않는다. 그 찝찝함은 내가 유난히 예민해서가 아니라, 나 스스로를 위험으로부터 지켜내기 위해 울리는 방어 신호였다.

마지막으로, 세상의 모든 손님을 내 서비스로 100% 만족시

킬 필요는 없다. 승객을 사고 없이 무사히 목적지에 내려주는 것만으로도 내 직업적 소명은 이미 충분히 다한 것이다. 그 이상의 무리한 요구와 감정 노동은 기사인 내 몫이 아니다.

이러한 원칙과 기준들은 나를 찔러도 피 한 방울 안 나오는 차가운 사람으로 만들지 않았다. 오히려 이 거친 바닥에서 멘탈이 부서지지 않고 훨씬 더 오래 일할 수 있는 튼튼한 방패가 되어주었다.

그날 이후로 나는 타인의 무례함에 덜 흔들리게 되었고, 내가 앉은 운전석의 공간은 한결 더 편안하고 아늑해졌다.

***

아무 일도 없었던 날의 증거

그날은 유난히 같은 길을 세 번이나 반복해서 오갔다. 출발지도 비슷했고, 도착지도 그리 멀지 않아 내비게이션 지도는 거의 들여다보지 않았다. 목적지에 차를 세울 때마다 타이어 바퀴가 닿는 위치마저 매번 비슷하게 느껴졌다. 습관처럼 익숙하게 핸들을 돌렸고, 습관처럼 부드럽게 브레이크를 밟았다. 다행히 내 뒷좌석을 거쳐 간 손님들은 하나같이 조용했다.

차 안에서 시끄러운 통화 소리도 없었고, 빨리 가자며 길을 재촉하는 사람도 없었다. 그저 목적지에 다다랐을 때 "네, 여기 맞아요"라는 짧은 확인의 말만 세 번 들었을 뿐이다. 평소 같으면 너무도 평온하여 기억에 남을 게 하나도 없을 줄 알았다.

그런데 이상하게도 일을 마치고 집에 돌아와서도 그날 스쳐 지나온 길의 잔상들이 계속해서 머릿속을 맴돌았다. 특별한 아무 일도 없었는데, 역설적이게도 아무 일도 일어나지 않아서 그 고요한 풍경들이 훨씬 더 또렷하게 각인되었다. 무심히 신호에 걸려 멈춰 섰던 자리, 차창 밖으로 천천히 지나가던 횡단보도의 흰 선, 그리고 땅거미가 질 무렵 비슷한 시간에 팟 하고 켜지던 주황색 가로등 불빛까지.

나는 그날 뒷좌석에 탔던 타인의 얼굴이나 사연보다, 내가 묵묵히 달려온 길의 궤적을 더 많이 기억했다. 택시 운전대를 잡고 매일 도로로 나서다 보면, 영화처럼 특별하고 자극적인 날보다 이토록 무해하고 밋밋한 날들이 훨씬 더 차곡차곡 쌓이게 마련이다. 아무런 말도 섞지 않았고, 아무런 사건도 일어나지 않았기에 오히려 마음 한구석에 더 오래, 그리고 잔잔하게 남는 날.

사실 그날 미터기에 얼마가 찍혔고 수입을 얼마나 올렸는지는 잘 기억조차 나지 않는다. 다만 '오늘 하루도 아무런 사고 없이 무사히 잘 다녀왔다'는 그 묵직한 안도감이 현관문을 열고 들어설 때까지 내 뒤를 그림자처럼 따라왔다. 그리고 내게 주어진 하루의 몫으로는 딱 그 정도면 충분히 감사하다고 스스로의 어깨를 토닥여주었다.

그때쯤의 나는 이 거친 바닥에서 나름대로의 생존 기준이

제법 단단하게 세워졌다고 자부하고 있었다. 본능적으로 위험한 상황을 요리조리 피하는 법, 손님과 감정적인 선을 넘지 않고 적당한 거리를 두는 법, 그리고 무엇보다 이 험한 일 속에서 다치기 쉬운 나 자신을 지켜내는 꽤 쓸 만한 요령 같은 것들 말이다.

하지만 내 머릿속에 완벽한 기준이 있다는 것과, 예측 불가능한 현실의 도로 위에서 그 기준을 매 순간 무사히 지켜낼 수 있다는 것은 완전히 차원이 다른 문제였다.

며칠 뒤 찾아온 '그날'은, 애써 다져둔 내 알량한 정신력이 바닥까지 무참히 꺾여버린 날이었다. 시간이 한참 흘러 나중에 다시 떠올려 보아도, 나를 짓누르던 그날 밤 차 안의 공기는 유난히도 무겁고 서늘하게 기억된다.

***

위험은 피곤할 때
소리 없이 찾아온다

어둑어둑 땅거미가 내려앉을 무렵, 송도유원지 쪽에서 콜이 하나 들어왔다. 출발지도

평범한 번화가였고, 목적지도 전혀 문제없어 보였다. 액정 화면에 뜬 정보만 보았을 때는 그날 소화해야 할 수많은 콜 중 그저 평범한 하나였고, 특별히 경계하거나 피해야 할 이유는 전혀 없었다.

그런데 막상 출발지에 도착해 보니 상황이 묘하게 이상했다. 앱으로 콜을 부른 사람과, 내 택시 뒷좌석에 실제로 올라타는 사람의 얼굴이 확연히 달랐다. 택시를 몰다 보면 일행이 대신 콜을 불러주는 이런 경우가 아주 없지는 않지만, 기사 입장

에서는 늘 찝찝한 긴장감이 따라붙게 마련이다. 그리고 슬프게도 그 불길한 예감은 이번에도 틀리지 않았다.

뒷좌석에 털썩 주저앉은 사람은 이미 몸도 가누지 못할 만큼 만취한 상태였다. 입 밖으로 흘러나오는 발음은 뭉개져 있었고, 풀린 눈은 제대로 초점을 맞추지 못했다. 그가 차 문을 닫는 순간부터 밀폐된 차 안에는 시큼하고 역겨운 술 냄새가 훅 하고 가득 들어찼다.

찜찜한 마음을 억누르고 일단 엑셀을 밟아 출발했고, 내비게이션에 설정된 목적지에 무사히 도착했다. 나는 평소처럼 건조하게 말했다. "손님, 목적지에 도착했습니다."

그러자 뒷좌석에서 도무지 믿기 어려운 황당한 말이 돌아왔다. "뭐? 여기가 어디야?"

순간 턱 막히는 어이없음에 짧은 말문이 막혔지만, 나는 억지로 감정을 누르고 다시 침착하게 설명했다. "손님, 여기가 앱에서 목적지로 설정하신 곳입니다."

그러자 그는 짜증스럽게 고개를 휘휘 저으며 신경질적으로 소리를 높였다. "아니야! 내 집은 이음이로야. 이음이로 가라고!"

이음이로. 이음에로. 그의 입 밖으로 튀어나오는 발음은 갈수록 형체를 알 수 없게 뭉개졌고, 고장 난 라디오처럼 같은 말만 짜증스럽게 반복되었다. 지도 앱 검색창에 아무리 그가 부르는 비슷한 발음을 입력해 봐도, 이 세상에 그런 주소는 존재하지 않았다. "손님, 지금 말씀하시는 그런 주소는 조회 자체가 안 됩니다."

내가 그 말을 꺼내는 순간, 뒷좌석의 공기는 급격히 험악하게 바뀌었다. 혀 꼬인 욕설이 거칠게 튀어나오기 시작했다. 알코올에 찌든 의미 없는 분노가 차 안을 꽉 채우며 내 목을 조여 왔다.

나는 끓어오르는 화를 삼키며 잠시 말을 멈췄다가, 최대한 인내심을 긁어모아 다시 제안했다. "손님, 그럼 혹시 신분증이나 휴대폰으로 정확한 주소를 찾아서 보여주시면 안 될까요?"

하지만 내 합리적인 제안은 오히려 불난 집에 기름을 부은 격이 되었다. 그는 내 말이 더 괘씸하다는 듯 벌겋게 달아오른 얼굴로 목소리를 높였다. "xx, 여기가 어디냐고! 여기가 대체 어디냐고!" 그는 벽에 대고 소리치듯 그 말만 미친 듯이 반복했다. 정상적인 대화는 이미 불가능했고, 시간만 헛되이 흘러갔다.

그 숨 막히는 실랑이가 무려 십 분 가까이 좁은 차 안에서 이어졌다. 나도 결국 감정을 가진 사람인지라, 억지가 그쯤 계속되자 꾹 참았던 언성이 나도 모르게 조금 높아지고 말았다.

그러자 그는 돌연 태도를 180도 바꿨다. 갑자기 몸을 잔뜩 움츠리며 중얼거리기 시작했다. "아씨, 무섭다… 무섭다…" 그러더니 뜬금없이 이 엉뚱한 길바닥 한가운데서 당장 내리겠다고 억지를 부렸다.

나는 어이가 없었지만 최대한 원칙대로 냉정하게 말했다. "내리시는 건 자유입니다. 그럼 여기까지 오신 요금 지불하시고 내리세요."

그는 당당하게 고개를 저었다. 돈이 없으니 못 주겠다는 것이었다. 그 순간, 나는 이 인간과는 더 이상 단 한마디의 대화도 통하지 않는다는 것을 완벽하게 깨달았다.

"알겠습니다. 그럼 무임승차로 경찰 부르겠습니다. 그대로 기다리세요." 내가 매섭게 휴대폰을 집어 들고 112를 누르려 하자, 그는 계속해서 주문을 외듯 같은 말만 중얼거렸다. "어휴, 무섭다… 무서워…"

내가 경찰에 전화를 걸기 위해 화면의 통화 버튼을 누르려던 찰나, 갑자기 그의 입에서 정확한 주소가 툭 튀어나왔다. 이제껏 뭉개지던 발음이 무색할 만큼, 겨우 알아들을 수 있을 정도로 또렷하게. 그가 실토한 진짜 집 주소는 학익동이 아니라 저 멀리 '검단'이었다.

순간 차 안에는 기가 막힌 짧은 정적이 흘렀다. 집이 어디냐는 물음에, 당초 설정했던 목적지와는 완전히 정반대 방향의 전혀 다른 동네 이름이 튀어나온 것이다.

하지만 그는 어처구니없는 상황 속에서도 계속해서 집에 가야 한다고, 제발 집으로 데려다 달라고 반복했다. 솔직히 고백하자면, 그때의 나를 지배한 것은 합리적인 판단력이 아니라 밑 빠진 독처럼 밀려오는 극심한 피로감이었다. 그저 1분 1초라도 빨리 이 지긋지긋한 진흙탕 같은 상황을 끝내버리고 싶었다.

내가 차를 돌린 것은 그를 태우고 다시 검단으로 가는 선택이 옳거나, 내가 뼈속까지 친절해서가 결코 아니었다. 다만 그때의 나는 누가 옳고 그른지를 차가운 이성으로 따져 물을 만큼의 정신적 여유조차 바닥난 상태였다.

술주정뱅이에게 내 입 아프게 설명을 더 하고 싶지도 않았고, 여기서 경찰을 불러 조서를 쓰며 끔찍한 실랑이를 길게 끌고 싶지도 않았으며, 무엇보다 이 토할 것 같은 술 냄새와 더러운 공기를 좁은 차 안에서 1분이라도 더 버티고 싶지 않았다. 그날 밤 나의 선택은 직업적 용기나 사명감이 아니라, 지독한 피로와 스트레스가 빚어낸 비참한 타협에 가까웠다.

그래서 나는 그가 뱉어낸 검단 주소를 내비게이션에 묵묵히 다시 찍고, 말없이 그대로 엑셀을 밟아 출발했다.

차가 덜컹거리며 다시 움직이자마자, 그제야 긴장이 풀린 듯 심장이 한 박자 늦게 미친 듯이 쿵쾅거리기 시작했다. 이미 한 번 목적지가 크게 어긋났고, 서로 간의 대화는 완전히 단절되었으며, 내 등 뒤에는 여전히 만취한 낯선 남자가 널브러져 있었다.

머릿속에서는 무수한 후회와 질문들이 동시에 엉켜 떠올랐다. '내가 지금 미쳤지, 이 선택이 과연 맞는 걸까? 지금이라도 비상등 켜고 차를 세워야 하는 건 아닐까? 혹시라도 가는 길에 해코지라도 하면 어쩌지?' 하지만 운전대를 쥔 채로 그런 불안한 가정들을 하나하나 이성적으로 검토할 여유 따위는 없었다.

차창 밖으로 가로등 불빛이 빠르게 스쳐 지나가는 내내, 뒷좌석에서는 기분 나쁜 혼잣말과 거친 욕설이 브레이크 고장 난 차처럼 이어졌다. 전혀 앞뒤가 맞지 않는 의미 없는 문장들이 끊임없이 쏟아져 나왔고, 나는 그 위협적인 소리들을 그저 라디오의 소음처럼 흘려보내려 필사적으로 애썼다.

룸미러를 통해 뒷좌석으로 힐끔 시선을 보내는 것조차 극도로 조심스러웠다. 행여나 백미러 너머로 저 취객과 눈이라도 마주치면, 그것이 핑계가 되어 또 다른 폭력의 불씨가 당겨질 것 같았기 때문이다.

핸들 위에 얹힌 두 손에는 나도 모르게 핏대가 설 만큼 꽉 힘이 들어가 있었다. 나는 평소보다 주행 속도를 훨씬 더 줄였고, 신호등 하나, 차선 변경 하나하나에 평소의 열 배는 더 신경을 곤두세웠다. '적어도 이 캄캄한 도로 위에서는, 내 차 안에서는 절대 아무 일도 일어나서는 안 돼.' 차 안에서 무슨 미친 짓거리가 벌어지든 간에, 접촉 사고만큼은 절대 나면 안 된다는 강박적인 생각이 내 머릿속을 꽉 채우고 있었다.

나는 등 뒤에서 쏟아지는 욕설에 단 한마디의 대꾸도 하지 않았다. 억울함에 입술을 꼭 깨문 채, 그저 묵묵히 앞만 보고 운전했다.

내비게이션 화면에 뜬 도착까지 남은 시간은 속 타는 내 마음도 모르고 자꾸만 늘어났다. 신호등 하나를 간신히 넘길 때마다, 목적지는 가까워지기는커녕 영원히 닿을 수 없는 신기루처럼 멀어지는 기분이었다. 검단으로 가는 이 길이 원래 이렇게 아득하게 길고 멀었나. 나는 그런 허탈한 생각을 삼키며 차가운 핸들을 더욱 꼭 움켜쥐었다.

그리고 마침내 도착. 내비게이션의 종료 안내음과 함께 차가 멈춰 서자마자, 뒷좌석의 그는 언제 욕을 했냐는 듯 세상에서 가장 밝고 경쾌한 목소리로 외쳤다. "오, 여기 우리 집 맞네!"

그러고는 룸미러를 향해 갑자기 해맑게 엄지손가락을 척 들어 올렸다. 나는 어둠 속에서 말없이 그 기괴한 모습을 바라보았다. 화조차 나지 않을 만큼 너무 어이가 없어서, 한동안 헛웃음조차 나오지 않았다.

잠시 후, 그는 지갑에서 신용카드를 꺼내 툭 내밀었다. 나는 비참한 기분을 억누르며 아무 말 없이 기계적으로 요금을 결제했다. 영수증이 출력되고 결제가 끝나자마자 그는 비틀거리며 내렸고, 이내 차 문이 닫혔다.

쾅! 문이 닫히는 둔탁한 소리가 유난히 크게 밤공기를 가르고 들려왔다. 그제야 비로소 이 지옥 같았던 길고 긴 운행이 진짜로 끝났다는 게 온몸으로 실감 났다.

차 안은 다시 고요해졌고 아무런 소음도 남지 않았지만, 나는 이미 그날 내가 써야 할 인내심과 대화의 총량을 하루 치 이상으로 잔인하게 끌어다 써버린 기분이었다. 몸은 바닥에 눌어붙은 듯 무거웠고, 그날 밤은 더 이상 단 한 건의 콜도 수행할 힘이 남아 있지 않았다.

나는 창문을 활짝 열어 차 안에 찌든 지독한 술 냄새와 불쾌한 감정들을 밤바람에 환기시키며, 그대로 차등을 끄고 도망치듯 집으로 돌아갔다. 타인의 시선에는 그저 수많은 택시가 도로 위를 달리는 평범한 밤 풍경 중 하나로 보일지도 모른다. 하지만 운전석에 앉은 사람에게 그런 사건 하나는, 그 사람의 소중한 하루와 정신력을 통째로 새카맣게 태워 소모시켜버린다.

그날 밤 내가 얻은 교훈은 참으로 씁쓸하고 단순했다. '술은 제발 남에게 피해 주지 않을 만큼 적당히 마실 것. 그리고 택시에 기어 탈 때는, 적어도 자기가 돌아갈 집 주소 정도는 똑바로 알고 있을 것.' 그날 밤의 나는, 그 당연한 두 가지 상식을 너덜너덜해진 온몸과 정신으로 뼈아프게 배웠다.

그날 이후로 나는 하나를 더 알게 되었다. 택시 기사에게 진짜 위험한 순간은 늘 큰 소리로 요란하게 경고하며 찾아오지 않는다는 것을. 내 이성적인 판단력이 피로에 찌들어 흐려졌을 때, 어떻게든 이 상황을 빨리 모면하고 끝내고 싶다는 조급한 마음이 앞설 때. 바로 그때가 가장 위험에 취약하고, 가장 소리 없이 위험으로 떨어질 수 있는 순간이라는 것도.

손님을 향한 싹싹한 말이 차츰 없어진다고 해서 무조건 관계가 나빠지거나 멀어지는 건 결코 아니었다. 오히려 그 지독했던 밤 이후로, 나는 이 좁은 차 안에서 내가 '무엇을 덜어내야만' 스스로를 지킬 수 있는지 조금씩 영리하게 알게 되었다.

과도한 친절을 줄이고, 굳이 하지 않아도 될 구차한 설명을 줄이고, 내 소중한 에너지를 갉아먹는 불필요한 감정의 말들을 하나씩 가볍게 내려놓는 법.

그렇게 나는 이 택시라는 공간에서 나를 잃지 않고 조금 더 오래 살아남기 위한 방식으로, 나만의 새로운 길을 묵묵히 선택해 나가고 있었다.

*　*　*

아무 일도 일어나지 않은 날의
조용한 승리

그 지독했던 밤 이후, 나는 다음 날 아침 바로 씩씩하게 운전 대를 다시 잡지 못했다. 몸이 심하게 아파서라기보다는, 내 영혼을 갉아먹었던 그 서늘한 밤의 공기가 아직 완전히 걷히지 않은 것 같았기 때문이다.

그날은 유독 아침부터 온몸이 물먹은 솜처럼 무거웠다. 어디가 부러지거나 찢어진 것처럼 명확하게 아픈 곳이 있는 것도 아니었고, 그렇다고 아예 꼼짝 못 하고 몸져누울 정도도 아니었다. 그래서 이 상태가 나를 더 애매하고 미치게 만들었다.

'아, 이 정도 컨디션이면 진통제 먹고 억지로라도 나가서 콜을 받아야 하나?' '아니야, 오늘은 내 멘탈을 위해서라도 푹 쉬어

야만 하는 날일지도 몰라.'

무거운 머리를 베개에 댄 채, 그 답 없는 질문만 아침 내내 수십 번 반복했다. 자영업자나 다름없는 택시 기사에게 '스스로 일을 쉰다'는 선택은 생각보다 훨씬 더 엄청난 죄책감과 결단이 필요하다. 막상 차를 몰고 나갔다가 정 힘들어서 일찍 접고 들어오는 건 그나마 괜찮지만, 아예 집 밖으로 나가지조차 않는 건 꽤나 합리적인 핑계와 이유를 나 스스로에게 변명하듯 설명해야만 마음이 놓이기 때문이다.

결국 나는 한참의 고민 끝에 차 키를 손에 쥐지 않았다. 거실 커튼을 살짝 걷어 눈 부신 낮의 햇살을 확인하고는, 죄지은 사람처럼 황급히 다시 커튼을 쳐버렸다. 창밖의 세상은 어제와 조금도 다르지 않게 바쁘게 돌아가고 있었고, 그래서 내 마음 한구석은 더욱 무겁고 불편했다.

일을 쉬는 날은 신기하게도 시간의 흐름이 훨씬 더 선명하고 집요하게 느껴진다. 한참 바쁘게 운전대를 돌릴 때는 해가 지고 뜨는 것도 모를 만큼 훌쩍 지나가던 시간이, 좁은 방구석에 누워 쉬는 날에는 1분이 10분처럼, 한 시간이 온전한 한 시간의 무게로 짓누른다. 나는 괜스레 불안한 마음에 옆에 둔 휴대폰만 만지작거렸다. 오늘 휴무를 걸어둬서 콜이 전혀 울리지 않는다는 걸 뻔히 알면서도, 바보처럼 배차 어플을 몇 번이나 켰다 끄기를 반복했다.

‘아, 꾹 참고 오늘 나갔으면 피크 타임에 얼마는 더 벌었을 텐데.’

내 멘탈과 몸을 챙기겠다고 스스로 내린 결정이었건만, 결국 가장 먼저 든 생각이 고작 돈에 대한 미련과 후회였다는 사실이 스스로에게 너무도 씁쓸하고 서운했다. 몸을 아끼기 위한 휴식이었는데, 자본주의에 찌든 내 마음은 하루 종일 보이지 않는 채찍으로 나를 모질게 다그치고 있었다.

그래도 나는 그날 끝내 현관문을 나서지 않았다. 꾸역꾸역 길었던 하루가 지나가고 저녁 어스름이 찾아오자, 그제야 무거웠던 가슴에 묘한 안도감이 스르륵 번졌다.

‘다행이다, 오늘 하루만큼은 상처받지 않고 무사히 지나갔구나.’

아무 일도 겪지 않았고, 아무런 진상 손님과도 사고가 없었으며, 억지로 친절을 짜내며 굽실거릴 일도 없었다.

그날 하루 텅 빈 방 안에서 나는 비로소 깨달았다. 택시 기사에게 일을 쉰 하루란 단순히 돈을 벌지 못해 ‘비워버린 쓸모없는 날’이 아니라, 바닥난 내 에너지를 채워 다음 날을 버틸 수 있도록 스스로를 ‘남겨두고 저축하는 날’일 수도 있다는 것을.

물론 하루 쉬었다고 해서 내 상처받은 멘탈과 몸 상태가 마법처럼 완벽하게 리셋된 것은 아니었다. 다만, 다시 지옥 같은 도로 위로 차를 몰고 나가기 위해 깊게 숨을 한 번 고르고 재정

비할 수 있는 소중한 틈은 분명히 생겼다.

다음 날, 다시 익숙한 차 키를 손에 쥐었을 때 기분이 하늘을 날 듯 가벼워지거나 드라마틱하게 달라져 있지는 않았다. 거창한 새 출발의 결심 같은 것도 없었고, 오늘은 수십만 원을 찍어 보겠다는 독한 각오도 없었다.

그냥 '그래, 오늘은 다시 운전석에 앉아 나갈 수 있을 것 같다'는 딱 그 정도의 담담한 기분이었다. 운전석에 앉아 시동을 켜고도 나는 바로 출발하지 않았다.

디젤 엔진의 거친 진동 소리가 일정한 데시벨로 안정될 때까지, 나는 핸들을 잡은 채 잠시 그대로 눈을 감고 앉아 있었다. 그 짧고 고요한 시간 동안 나는 오늘 하루 지켜야 할 나만의 원칙 몇 가지를 미리 단단하게 정해두었다.

어떤 찝찝한 콜은 거르고 받을지, 무리해서 어디까지는 가지 않을지, 내 체력이 바닥나기 전 정확히 몇 시쯤에는 미련 없이 멈출지. 예전 같으면 운행에 쫓기며 도로 위에서 충동적으로 결정했던 것들을, 그날은 안전한 주차장에서 출발하기 전에 철저하게 세팅했다.

오랜만에 뜬 첫 콜은 다행히 집에서 그리 멀지 않은 평범한 주택가 거리였다. 진상이 꼬이기 쉬운 술집 밀집 지역도 아니었고, 사람들이 예민해지는 애매한 심야 시간대도 아니었다. 내비게이션 지도에 파란색으로 매끄럽게 표시된 짧은 경로를 보며 나는 괜스레 깊은 안도를 내쉬었다.

'그래, 첫 시작이 이 정도면 오늘 하루 꽤 괜찮겠다.' 속으로 그렇게 생각하며 안도감이 들었다. 뒷좌석에 탄 손님은 휴대폰만 볼 뿐 조용했고, 차 안의 공기는 내 마음처럼 평온했다. 블루투스로 연결해 둔 라디오 음악 소리만 백색소음처럼 차분하게 흘렀다.

나는 그날 뒤통수가 따갑게 느껴질 때마다 쳐다보던 백미러를 굳이 자주 들여다보지 않았다. 그 불안한 시선 대신, 내가 앞으로 나아가야 할 정면의 도로를 훨씬 더 넓고 깊게 응시했다.

운전을 하면서도 틈틈이 내 몸이 보내는 신호를 점검했다. 오랫동안 앉아있는 허리 상태는 어떤지, 수술한 다리에 무리가 가지는 않는지. 당장 찌르는 듯이 아프지 않다는 표면적인 사실보다, 스스로 '오늘은 왠지 크게 아플 것 같지 않다'는 안정적인 감각을 느낀 것이 참으로 오랜만이었다. 그날 하루, 나는 철저하게 내 페이스를 지키며 무리하지 않았다.

늦은 밤, 돈 욕심을 내자면 콜을 몇 개쯤은 더 잡고 달릴 수도 있었지만, 나는 미련 없이 미터기를 끄고 퇴근을 선택했다. 예전 같으면 사납금 생각에 그 몇 만 원이 못내 아쉬워 발길이 떨어지지 않았을 텐데, 신기하게도 그날만큼은 전혀 아쉽지 않았다.

안전하게 집으로 돌아오는 텅 빈 도로 위에서 나는 빙그레 웃으며 깨달았다. 내가 쉬고 나와서 대단하게 새 출발을 한 것이 아니라, 살아남기 위해 일을 대하는 내 '방식과 태도'를 완전히 바꿨다는 것을. 이제는 거대한 콜 시스템과 진상 손님이라는 '일'이 내 멱살을 잡고 억지로 끌고 가는 것이 아니라, 내가 주체적으로 내 한계를 알고 그 '일'을 현명하게 선택하고 통제하고 있었다.

내 다리의 통증이나 멘탈이 예전의 건강한 나로 완전히 100% 괜찮아진 건 결코 아니었다. 그래도 나는 스스로를 보호하며 다시 이 밤거리로 차를 몰고 나갈 수 있었다. 그것이 절망의 터널을 통과한 그날 밤, 내가 얻은 가장 크고 눈부신 변화였다.

이 일을 하다 보니 어느 날부터 복잡한 도로와 길이 손바닥 보듯 익숙해졌다. 내비게이션의 딱딱한 기계음 안내를 끝까지 듣지 않아도 본능적으로 차선을 미리 변경해야 할 타이밍이 보였고, 앞차의 움직임만 봐도 저 신호등이 언제쯤 빨간불로 바뀔지 대충 감이 잡혔다.

길뿐만이 아니었다. 손님이 덜컥 하고 차 문을 여는 소리, 뒷좌석에 앉아 내뿜는 숨소리만 스치듯 들어도 대략 몇 살쯤 된 사람인지, 술에 떡이 되게 취했는지 아니면 멀쩡한지 어렴풋이 상태를 짐작할 수 있는 경지에 이르렀다. 하지만 슬프게도, 바로 그 능숙함이 가장 큰 덫이자 문제였다.

처음 초보 딱지를 뗐을 땐 낯선 것에 익숙해진다는 게 그저 마냥 좋은 일인 줄로만 알았다. 도로 위에서 덜 쫄고 덜 긴장해도 되고, 진상 손님에게 덜 무서워해도 되며, 하루 일과가 끝나면 덜 피곤해질 거라 순진하게 믿었다. 하지만 운전석에서의 익숙함이란, 치명적인 사고를 부르는 '방심'이라는 단어와 종이 한 장 차이로 아주 가까이 붙어 있었다.

어느 날은 뒷좌석의 손님이 꽤나 무례하고 거칠게 말을 내뱉었는데도, 신기하게 내 마음이 예전처럼 심하게 요동치거나 불편하지 않았다. '아휴, 뭐 술 먹고 저러는 인간들 한두 번 보나. 이 정도 진상은 이 바닥에서 흔하디흔하지.' 내 마음속에서 분노나 상처의 감정보다 그 건조한 무덤덤함이 먼저 고개를 들었다.

순간, 룸미러에 비친 덤덤한 내 표정을 보며 나 스스로가 덜컥 무서워졌다. 내가 타인의 무례함과 폭력에 이렇게까지 둔감해졌단 말인가. 이 일을 돈 버는 수단으로 오랫동안 기계적으로 하다 보면, 대체 손님이 내게 어디까지 함부로 해도 괜찮은 건지, 내가 기사로서 어디서부터는 단호하게 선을 긋고 멈춰야 하는지 그 경계선마저 흐릿해질 수도 있겠다는 서늘한 위기감이 들었다.

그래서 나는 그날 이후로 안전한 운전을 위해, 나 스스로를 지키기 위해 일부러 예민한 긴장감을 내 안에 팽팽하게 유지하기로 결심했다. 콜이 뜬다고 돈 욕심에 무작정 다 수락하지 않고 경로를 따져 받았으며, 피곤함이 몰려오면 미련 없이 갓길에 차를 세우고 쉬었다. 그리고 손님의 태도나 공기가 조금이라도 찝찝하고 이상하다고 느껴지면 억지로 이해하려 들거나 내 탓으로 돌리며 이유를 찾지 않았다. 그저 그 상황 자체와 거리를 두고 차단했다.

어떤 일에 익숙해졌다는 건 겉보기엔 베테랑처럼 능숙하게 잘하고 있다는 칭찬일 수도 있지만, 뒤집어 보면 아무런 생각이나 고민 없이 로봇처럼 기계적으로 움직이고 있다는 무서운 경고일 수도 있었다. 그 섬뜩한 깨달음 이후, 나는 매일 밤 시동을 끄기 전 스스로에게 이 서늘한 질문을 습관처럼 던졌다.

'나는 지금 이 불편한 상황이 정말 익숙해져서 진심으로 괜찮은 건가, 아니면 상처받기 싫어서 그냥 억지로 무뎌진 척 괜찮다고 넘기고 있는 건가.'

그 매서운 자기 성찰의 질문 덕분에, 나는 이 험한 바닥에서 아직 완전히 감정이 닳아빠진 돌멩이처럼 무뎌지지 않을 수 있었다. 그리고 타인의 무례함에 상처받고 삐걱거리는 그 찰나의 불편함이야말로, 내가 인간으로서의 존엄을 지키며 이 일을 계속해 나가기 위해 반드시 잃지 말아야 할 최소한의 예민한 감각이라고 스스로 위로했다.

며칠이 무심히 흘러가고, 나의 택시 운행은 다시 평범하고 지루한 일상의 궤도로 돌아왔다.

오늘은 웬일인지 번화가에 차를 대놓았는데도 무려 한 시간째 콜 알람이 울리지 않고 있었다.

내 택시는 분명 도로 위에 시동을 켠 채 서 있었지만, 정작 기사인 나는 아무런 수입 없이 제자리에 죽은 듯 멈춰 서 있는 셈이었다. 택시 기사에게 가장 피 말리고 숨 막히는 순간이 바로 이런 시간이다.

차체 밑에서는 기름을 태우는 엔진 소리가 웅웅대며 나는데, 목적지가 없으니 정작 바퀴는 어디로도 한 뼘 굴러가지 못하는 버려진 시간.

참 이상한 노릇이었다. 아무리 진상 손님과 싸우며 다이내믹하게 굴렀던 날보다도, 이렇게 액정만 멍하니 쳐다보며 콜이 없는 텅 빈 날이 내 숨통을 훨씬 더 초조하게 조여왔다. '아, 그래도 험한 일 안 겪으니 다행이다'라는 안도감과, '오늘 사납금도 못 채우고 이렇게 허탕 치는 거 아니야?'라는 짙은 불안감이 비좁은 운전석 안에서 미친 듯이 뒤엉켜 춤을 추는 기분이었다.

만약 한 시간 만에 울린 다음 콜이 또 나를 지옥으로 몰아넣을 진상 손님이면 어쩌지? 반대로 오늘 밤새도록 이렇게 파리만 날려서, 뼈 빠지게 고생하고도 오늘 손에 쥐는 수입이 고작 이것뿐이면 어쩌지?

나는 오늘 밤 제발 아무런 위험하고 끔찍한 사건 사고가 일어나지 않기를 두 손 모아 간절히 바라면서도, 한편으로는 콜을 구걸하듯 매연 가득한 도로 위를 정처 없이 배회하며 떠나지 못하고 있었다. 생계를 담보 잡힌 탓에, 그 모순된 감정을 껴안고 버티는 것이 바로 그때의 내가 할 수 있는 유일하고도 비참한 최선이었다.

마침내 짧은 해가 완전히 저물고, 회색빛 도로 위로 붉고 노란 꼬리 불빛들이 하나둘씩 선명하게 살아나며 번지던 퇴근 시간. 침묵을 깨고 반가운 콜 알람 하나가 요란하게 잡혔고, 나는 늘 하던 기계적인 익숙한 동작으로 차를 몰아 손님을 태웠다.

뒷좌석에 문을 열고 탄 사람은 피곤해 보이는 중년의 남자였다. 그는 굳게 입을 닫은 채 말수가 많지 않았고, 타자마자 가야 할 목적지만 건조하게 툭 던지듯 짧게 말했다. 겉으로 스캔하기엔 딱히 내게 시비를 걸거나 문제 될 만한 진상 요소는 전혀 없어 보였다.

그렇게 적막 속에서 몇 분쯤 부드럽게 달렸을까. 가만히 창밖만 보던 그가 불쑥 내 쪽 뒤통수를 힐끔 쳐다보더니 불만스러운 듯 툭 말을 걸어왔다.

"기사님, 아까 그 사거리에서 직진하는 길 말고 우회전해서 골목으로 빠지는 게 훨씬 더 빠른데요."

자신의 길눈이 더 밝다며 기사의 운행에 태클을 거는, 전형적인 참견이었다. 나는 속으로 짧은 한숨을 삼키고는, 시선을 떼지 않은 채 내비게이션 화면을 힐끔 턱짓으로 가리키며 억양 없이 차분하게 말했다. "손님, 지금 실시간 교통상황으로는 제가 가는 이 큰길 경로가 막히지 않고 가장 빠르게 나와 있습니다."

만약 몇 달 전, 초보 딱지를 떼지 못한 예전의 나였더라면 행여나 손님이 불친절하다며 별점을 깎거나 민원을 넣을까 전전긍긍했을 것이다. 괜히 심기가 불편해질까 봐, 내가 일부러 요금을 더 받으려고 길을 빙빙 돌아간다고 오해할까 봐, 내비게이션의 로직부터 시작해 길 안내 상황을 변명하듯 구구절절 덧붙여 설명하며 진땀을 뺐으리라.

하지만 오늘 밤의 나는 달랐다. 군더더기 없이 딱 그 한 번의 사실 확인만 팩트로 짚어 말하고는, 입을 꾹 닫은 채 다시 전방의 도로와 내 운전에만 온전히 집중했다.

내 단호하고 건조한 태도에 머쓱해졌는지, 뒷좌석의 손님은 한동안 헛기침을 하며 아무런 반박도 하지 못했다.

그렇게 어색한 침묵이 몇 분쯤 이어지다, 그가 견디기 힘들었는지 다시 슬그머니 입을 열었다. 하지만 나는 오늘, 굳이 그 무례한 오지랖을 친절한 대화의 시작으로 순순히 받아주지 않기로 했다.

운전석 공간에는 라디오에서 흘러나오는 조용한 음악 소리만이 낮게 깔렸고, 내가 모는 택시는 그 어떤 불필요한 감정의 낭비도 없이 오직 목적지만을 향해 어둠을 뚫고 묵묵히 달렸다.

그리고 나를 보호하는 그 차가운 침묵 속에서, 나는 비로소 온몸으로 분명하게 느낄 수 있었다.

'아, 나는 지금 나 스스로에 의해 안전하게 지켜지고 있구나.'

구차하게 변명하는 말을 아낀 덕분에, 상대가 던진 무례한 태도를 호구처럼 웃어넘기지 않은 덕분에, 기사로서 선을 지키며 굳이 감정 노동까지 바쳐가며 과도하게 친절하려 애쓰지 않은 덕분에. 내 택시 안에서는 오늘 그 어떤 불쾌한 실랑이도, 감정의 긁힘도 일어나지 않았다.

마침내 내비게이션이 종료를 알리며 목적지에 무사히 도착했을 때, 굳은 표정의 손님은 카드를 건네받으며 쫓기듯 짧게 한마디를 남겼다. "수고하세요."

나를 무시하는 것도, 칭찬하는 것도 아닌 그 무미건조한 한마디면 내 택시 요금에 대한 대가로는 아주 충분했다.

문이 닫히고, 밤거리로 멀어져 가는 그의 씁쓸한 뒷모습을 백미러로 가만히 지켜보며 나는 입가에 희미한 미소를 띠며 한 가지 진리를 확신했다.

내가 세운 직업적인 원칙과 기준은, 밖에서 내 차에 타는 진상 상대를 억지로 뜯어고치거나 통제하기 위해 날을 세우는 칼이 아니었다. 거친 세상 풍파 속에서 연약한 나 자신을 다치지 않게 단단히 지켜내기 위해 입는 소중한 마음의 갑옷이라는 사실을.

그날 밤 내 택시 안에서는 경찰을 부를 만한 그 어떤 스펙터

클한 사건 사고도 일어나지 않았다. 하지만, 그 흔한 '아무 일도 일어나지 않았다'는 그 평온한 사실 하나가 바로 내가 세운 단단한 기준이 승리했다는 가장 강력하고 빛나는 증거였다.

*　*　*

골목길에서 배운 것

어느 날 밤, 손님을 무사히 목적지에 내려주고 주택가 골목 길을 빠져나오던 중이었다. 그 골목은 양옆으로 불법 주차된 차들과 오래된 붉은 벽돌집들이 다닥다닥 붙어 있어, 차 한 대가 겨우 숨죽여 지나갈 수 있을 만큼 비좁았다. 게다가 툭 튀어나온 전봇대와 담벼락이 공간의 시야를 더 답답하게 가로막고 있었다. 이미 이 동네를 몇 번이나 드나들며 익숙해진 길이었지만, 나갈 때마다 신경을 곤두세우고 조심해야만 하는 까다로운 구조였다.

천천히 엑셀에서 발을 떼고 브레이크에 힘을 실으며 엉금엉금 전진하려는 바로 그 순간, 반대편 캄캄한 코너에서 강렬한

헤드라이트 불빛이 내 차 앞 유리를 찌르듯 비춰왔다.

차 한 대가 좁은 골목을 향해 그대로 밀고 들어오고 있었다. 나는 브레이크를 밟고 잠시 멈춰 섰다. 반대편 차의 바로 옆을 보니, 다행히 빌라의 작은 주차장 입구가 비어 있었다. 상대방 운전자가 핸들을 그쪽으로 아주 조금만 틀어주면, 두 대의 차가 충분히 교행하며 비켜 지나갈 수 있는 공간이었다. '아, 다행이다. 저쪽 차가 저 빈 공간으로 잠깐만 비켜서 주겠지.'

나는 당연하게 그렇게 기대했다. 그런데 그 차는 속도를 전혀 줄이지 않고 내 앞 범퍼를 향해 무리하게 밀고 들어왔다. 마치 골목의 통행권이 자신에게 있으며, 무조건 내가 물러나 줘야 한다고 이미 혼자 결정을 끝마친 사람처럼.

나는 짧게 한숨을 내쉬고 군말 없이 기어를 R(후진)로 바꾸었다. 그리고 천천히 후진을 시작했다. 뒤를 번갈아 살피며 좁은 골목을 조금씩, 아주 조금씩 뒤로 물러났다. 밤의 골목은 생각보다 훨씬 더 어둡고 좁았고, 내비게이션의 후방 카메라 화면은 닿을 듯 말 듯한 담벼락과의 거리를 위태롭고 불안하게 비춰주고 있었다.

'조금만 더 빼주면 알아서 지나가겠지.' 나는 양쪽 사이드미러를 수십 번씩 확인하며, 뒤로, 또 뒤로 최대한의 공간을 만들어주었다. 마침내 내 차는 뺄 수 있는 한계치까지 뒤로 물러나 옆으로 바짝 붙은 상태가 되었다. 이제는 상대방 차가 아주 조

금만 핸들을 돌려 앞으로 움직여주면, 무리 없이 충분히 빠져나
갈 수 있는 상황이었다.

그런데 그 차는 미동도 하지 않았다. 헤드라이트 불빛 너머
운전석에는 중년의 여자가 앉아 있었다. 그녀는 두 손으로 핸들
을 꽉 쥔 채, 정면만 꼿꼿하게 응시하고 있었다.

우리의 시선이 허공에서 마주쳤다. 나는 창문 너머로 살짝
손짓을 해 보였다. 공간이 충분하니 이제 '앞으로 천천히 오시
라'는 정중한 양보의 의미였다. 하지만 그녀는 어떤 미동이나
반응도 없었다.

차는 그 자리에 굳은 듯 그대로 서 있었다. 그 순간부터 내
가슴속에서 묘하게 불쾌한 감정이 스멀스멀 올라오기 시작했
다. '설마, 이만큼이나 자리를 비켜줬는데도 운전 실력이 부족
해서 못 빠져나가겠다고 버티는 건가?'

그런데 상황이 점점 이상하게 돌아갔다. 그녀의 차 뒤로는
텅 빈 골목뿐, 대기하는 차가 단 한 대도 없었다. 오히려 후진을
거듭한 내 차 뒤쪽으로 다른 차들이 하나둘씩 꼬리를 물고 서기
시작했다.

이윽고 꽉 막힌 골목 입구 쪽에서 신경질적인 경적 소리가
밤공기를 갈랐다. 빵—! 짧고 날카로운 클락션 소리. 그리고 또
한 번.

나는 다급한 마음에 창문을 완전히 내리고 밖을 향해 외쳤

다. "선생님! 제가 앞으로 살짝 갔다가 다시 각도 틀어서 빼드릴 테니까, 선생님 차를 뒤로 조금만 빼주세요!" 목소리만큼은 최대한 감정을 섞지 않고 차분하게 유지하려고 애를 썼다. 하지만 당황한 내 목소리의 톤은 이미 평소보다 날카롭게 올라가 있었다. 그럼에도 그녀는 내 쪽으로 고개조차 돌리지 않았다. 그저 조각상처럼 핸들만 쥔 채 그 자리에 꿋꿋하게 버티고 서 있었다. 단 1센티미터도 뒤로 움직여줄 생각이 없어 보였다.

차 안에 흐르는 시간이 이상하리만치 느리고 무겁게 흘러갔다. 현실의 시계로는 고작 몇십 초밖에 지나지 않았을 텐데, 내 체감은 숨 막히는 몇 분처럼 길게만 느껴졌다. 내 뒤에 늘어선 차들은 점점 더 내 꼬리 쪽으로 바짝 다가붙었고, 답답함을 참지 못한 누군가는 창문을 쑥 내리고 고개를 빼꼼 내밀어 상황을 험악하게 살피고 있었다.

나는 더 이상 뒤로 물러날 단 한 뼘의 물리적 공간조차 없었다. 낡은 주택의 시멘트 벽이 바로 내 뒷범퍼 코앞이었다. 심장 박동이 불규칙하게 빨라졌다. 목끝까지 짜증이 치밀어 올랐고, 그 뒤로 깊은 억울함이 끈적하게 따라붙었다.

'도대체 왜 나 혼자서만 계속 뒤로 빼고 양보해야 하지?' '저 여자는 자기 뒤로 공간이 뻥 뚫려 있으면서 왜 저렇게 이기적으로 버티는 거야?' 입 밖으로 험한 말이 튀어나오려 했지만, 꾹 참았다. 이 꽉 막힌 상황에서 내가 차 문을 박차고 나가 소리를 지르고 따지기 시작하면, 이 고요한 골목 전체가 그야말로 아수라장의 싸움터로 변해버릴 것만 같았기 때문이다.

결국 이 답답한 대치 상황을 견디지 못한 내 바로 뒤차 운전자가 선심 쓰듯 차를 조금 더 뒤로 후진해 주었다. 나는 그 찰나의 틈을 악착같이 이용해 내 택시를 골목 담벼락 쪽으로 아슬아슬하게, 최대한 바짝 갖다 붙였다. 사이드미러가 거친 시멘트 벽에 거의 쓸리듯 닿을락 말락 한 아찔한 거리였다.

내가 벼랑 끝까지 차를 몰아붙여 공간을 내어주자, 그제야 상대방 차가 미끄러지듯 움직이기 시작했다. 아무 일도 없었다는 듯, 아주 천천히, 얄미울 정도로 여유롭게 내 차 옆을 스치듯 빠져나갔다.

미안하다며 가볍게 고개를 숙이거나, 고맙다며 창밖으로 손을 한 번 들어 올리는 최소한의 인사조차 없었다. 그저 앞만 보고 무심하게 지나쳐 버렸다.

나는 차가 빠져나간 그 어두운 골목 한가운데서 몇 초간 숨을 고르며 그대로 멈춰 서 있었다. 핸들을 꽉 쥐고 있던 두 손에는 하얗게 핏대가 서 있었다. 차끼리 부딪힌 큰 사고가 난 것도 아니었고, 생명을 위협받을 만큼 위험천만한 상황이었던 것도 결코 아니었다.

그런데 참 이상하게도, 멱살 잡을 것처럼 싸운 진상 손님보다 그 어이없는 골목길 대치의 찰나가 내 마음속에 훨씬 더 억울하고 깊게 오래 남았다.

도로 위에서의 물리적인 위험이나 사고는 한순간 지나가면 그만이지만, 타인이 내게 던진 이기적이고 무례한 '태도'는 날카로운 파편처럼 머릿속에 박혀 꽤 오랫동안 사람을 괴롭히기 마련이다.

자정을 넘겨 텅 빈 도로를 달려 집으로 돌아오는 길, 내내 꼬리에 꼬리를 무는 생각들이 머릿속을 복잡하게 어지럽혔다. 나는 도대체 아까 그 좁은 골목에서 무엇을 지키기 위해 그렇게 필사적으로 인내했던 걸까.

상대에게 먼저 공간을 양보하고 내어준 것도 나였고, 등 뒤로 식은땀을 흘리며 위험을 감수하고 더 많이 후진하며 물러난 것도 결국 나였다. 솔직한 심정으로는 억울해 미칠 것만 같았다. 상대가 핸들을 꺾어 아주 조금만, 단 1미터만 배려해 줬어도 서로 기분 좋게 끝날 상황이었는데. 왜 저 사람은 타인에게 피해를 주면서까지 저토록 고집스럽게 꼼짝 않고 버텼는지 내 상식으로는 도무지 이해할 수가 없었다.

하지만 컴컴한 방에 누워 그 상황을 곰곰이 복기해 보니, 나는 비로소 큰 깨달음을 얻을 수 있었다. 그 숨 막히던 골목에서 내가 꾹 참고 양보함으로써 지켜낸 것은 한 뼘의 좁은 아스팔트 공간이 아니라, 다름 아닌 다치지 않은 '나의 하루'였다.

만약 내가 욱하는 성질을 이기지 못해 차에서 내려 그 여자에게 삿대질하며 소리치고, 끝까지 누가 이기나 보자며 한 치도 물러서지 않고 팽팽하게 고집을 부렸더라면 어떻게 되었을까. 분명 골목은 마비되었을 테고 경찰이 출동하는 소동이 벌어졌을지도 모른다. 무엇보다 그 과정에서 겪은 지독한 분노와 불쾌감은, 운행을 마치고 잠자리에 드는 그날 밤 깊은 새벽까지 끈적한 진흙처럼 나를 집요하게 따라와 괴롭혔을 것이다.

나는 그 비좁은 골목을 빠져나오며 가슴속에 조용하고도 단단한 결론 하나를 내렸다. 우리가 매일 오가는 이 도로 위에서 사람을 가장 지치고 힘들게 만드는 것은 무모한 과속의 '속도'가 아니라, 타인을 배려하지 않는 브레이크가 고장 난 듯한 '고집'이라는 사실을.

그리고 내 인생의 수첩에 또 하나의 굳건한 생존 기준을 추가했다. '세상 모든 억울한 상황에서 기를 쓰고 이기려 들지 않는다. 말이 통하지 않는 모든 무례한 사람을 내 상식으로 설득하려 에너지를 낭비하지 않는다. 나는 오직 내가 상처받지 않고 감당할 수 있는 선까지만 타인에게 반응한다.'

나를 옭아맸던 골목은 여전히 답답하고 비좁았지만, 그 밤을 통과해 낸 내 마음의 폭은 이전보다 훨씬 더 깊고 넓어져 있었다.

나는 깊게 심호흡을 하고, 다음 날 밤 다시 운전석에 앉아 엔진의 시동을 걸었다. 전날보다 한결 여유롭고 조금 더 단단해진 마음으로.

　여전히 낡고 똑같은 택시, 어제와 똑같이 좁은 운전석. 하지만 그 익숙한 자리에 등을 기대고 앉아 있는 지금의 나는, 분명 이 일을 처음 시작했던 며칠 전의 나와는 완전히 다른 사람으로 성장해 있었다.

　초보 딱지를 떼지 못했던 시절의 나는, 운전대를 잡을 때면 항상 몸이 앞으로 잔뜩 기울어져 있었다. 초보 운전자의 긴장된 뻣뻣한 핸들링 때문이 아니라, 내 마음과 신경이 늘 등 뒤의 손님을 향해 안절부절못하며 먼저 쏠려 있었기 때문이다.

　손님이 무심코 내뱉는 한마디, 작은 한숨 소리에도 흠칫 놀라 백미러로 낯빛을 먼저 살피기 바빴다. 차가 조금만 덜컹거려 손님이 불편한 기색을 보이면, 마치 내가 큰 죄라도 지은 것처럼 과도하게 굽실거리며 분위기를 맞춰보려 애를 썼다.

　나의 운전은 승객을 안전하게 '목적지'에 모셔다드리는 일보다, 그들의 예민한 '기분'을 먼저 도착시키려 안간힘을 쓰는 쪽에 가까웠다. 그래서 힘겨운 운행이 끝나고 손님이 내린 뒤에도, 그들이 차 안에 던져두고 간 무례하고 날 선 말들은 끈질기게 내 머릿속을 맴돌며 쉽사리 하차해 주지 않았다.

　그 시절의 나는 분명 내 손으로 내 차의 운전을 하고 있었지만, 실상은 늘 타인의 시선에 쫓겨 바짝 긴장한 채 허락을 구하는 초라한 을(乙)이었다. '제가 이렇게 길을 돌아가도 되나요?'

'방지턱 넘을 때 조금 흔들렸는데, 이 정도면 괜찮으셨나요?' '제가 아직 택시 일이 처음인 초보 기사라서요, 죄송합니다.'

하지만 수많은 밤과 진상 손님들을 겪어낸 지금의 나는, 푹신한 운전석 등받이에 등을 편안하고 깊숙하게 붙인 채 앉는다. 무리해서 급하게 차를 몰지 않으면서도, 결코 타인의 말에 쉽게 흔들림 없는 묵직한 태도로.

초보였을 때의 나는 상처받으면서도 억지로 웃어주는 멍청하고 '착한 기사'였다면, 산전수전 겪은 지금의 나는 내 멘탈을 지키며 이 바닥에서 '오래 살아남아 일할 수 있는 튼튼한 기사'가 되었다.

그 극적인 차이는 화려한 운전 기술이나 얄팍한 요령에서 비롯된 것이 아니었다. 그저 세상의 무례함으로부터 내가 나 자신을 과연 '어디까지 보호하고 지켜내야 하는지' 그 한계선을 명확히 알게 된 것뿐이다.

가끔 야심한 밤 붉은 신호 대기 중에, 차창 유리에 흐릿하게 비친 내 피곤한 얼굴을 가만히 들여다볼 때가 있다. 그러면 그 유리창 너머로 벌벌 떨며 처음 택시 운전대를 잡던 날의 어설프고 겁 많았던 내 모습이 환영처럼 잠깐 겹쳐 보이곤 한다.

나는 굳이 그 시절의 불쌍했던 나에게 말을 걸거나 위로를 건네지 않는다. 다만 마음속으로 가만히, 아주 깊게 다독이며 생각할 뿐이다.

'정말 수고 많았다. 그 지옥 같은 밤들을 꺾이지 않고 잘 버티냈다. 네가 포기하지 않고 견뎌준 덕분에, 마침내 조금은 단단해진 지금의 내가 여기까지 무사히 올 수 있었다고.'

초록 불이 켜지고, 나는 다시 부드럽게 엑셀을 밟아 차를 나아가게 한다. 이제는 남의 눈치나 시선에 떠밀려서가 아니라, 오롯이 내가 통제하는 '나만의 속도'로 묵묵히 밤거리를 달린다.

***

새벽 3시, 낯선 이가 건넨
투명한 위로

택시 일을 꽤 오랫동안 하면서 내 몸과 마음에 가장 깊게 새겨진 깨달음 하나는, 사람들은 뒷좌석에 탈 때 자신의 육체를 목적지로 옮기기보다, 각자의 가슴속에 맺힌 무거운 '이야기'들을 먼저 차 안에 싣고 탄다는 서글픈 사실이었다.

어느 새벽, 술에 기분 좋게 취해 붉어진 얼굴로 올라탄 젊은 여자 손님이 있었다. 대시보드의 시계를 힐끔 보니 새벽 세 시가 훌쩍 넘은 시간. 모두가 치열했던 하루의 무게를 내려놓고 따뜻한 집으로 돌아가 깊은 잠에 빠져 있거나, 혹은 세상의 끄트머리에서 아무에게도 기대지 못한 채 쓸쓸히 혼자 밤을 지새우고 버텨야만 할 법한 외롭고 아득한 시각이었다.

그녀는 택시 뒷자리에 몸을 웅크리고 타자마자, 불쑥 내 쪽으로 고개를 내밀며 말을 건넸다. "기사님, 진짜 너무너무 고마워요. 모두가 자는 이 깊은 시간까지 졸음 참고 운전해 주시는 거, 정말 아무나 못 하는 대단한 일이에요. 게다가 저랑 같은 여자 기사님이 운전석에 앉아 계시니까 진짜 훨씬 더 안심되고 멋있어 보여요."

그녀가 속사포처럼 쏟아낸 말들은 화려한 미사여구로 유난스럽게 길지도 않았고, 억지로 지어낸 가식적인 과장도 없었다. 그런데 참 이상하게도 그 담백한 문장 하나하나가 내 귀에는 결코 가볍게 흩어지지 않고 묵직하게 가슴을 때렸다. 그녀가 잔뜩 술에 취해 알코올 기운을 빌려 내뱉은 말일 수도 있었지만, 계산되지 않은 취중진담이기에 오히려 그 어떤 멀쩡한 사람의 말보다 훨씬 더 투명하고 솔직한 진심으로 느껴졌다.

그녀는 목적지인 집 앞 골목까지 달려가는 내내, 마치 고장난 라디오처럼 혀 꼬인 목소리로 몇 번이나 똑같은 말을 내게 반복했다. "기사님, 오늘 진짜 너무 고마워요." "밤새 깨서 이 험한 일 하시는 거, 진짜 아무나 못 버티는 거 알아요." "오늘같이 춥고 우울한 날은, 기사님 같은 분이 모는 택시가 제 눈앞에 나타나 줘서 얼마나 다행인지 몰라요."

나는 운전석에서 그저 쑥스럽게 "아유, 별말씀을요. 감사합니다"라며 평소처럼 짧고 무심하게 웃으며 대답했다. 하지만 엑

셀을 밟고 있는 내 굳은 어깨와, 바짝 긴장해 있던 마음 한구석
이 봄눈 녹듯 스르르 따뜻하게 풀어지는 것을 분명히 느낄 수
있었다.

그녀의 칭찬이 대단히 특별하고 거창해서가 아니었다. 캄
캄하고 고독한 그 새벽의 시간, 밀폐된 택시라는 외로운 공간에
서, 그 어떤 대가를 바라는 얄팍한 계산도 없이 순수하게 건네
진 타인의 다정한 말이었기에 이상하리만치 내 마음에 깊고 오
래도록 파고들었다.

상대방에게 내가 꽤 괜찮은 사람이라는 걸 억지로 증명하려
애쓰지 않아도, 비굴하게 잘해 보이려 애교 섞인 친절을 쥐어
짜내지 않아도. 그저 매일 밤 운전대를 잡고 지쳐가는 쓸모없는
'오늘의 나'라는 존재를, 있는 그대로 따뜻하게 인정하고 존중해
주는 구원의 말 같았다.

마침내 목적지에 도착해 그녀가 비틀거리며 내리고, 덜컥
차 문이 닫히며 텅 빈 차 안에 다시 나 홀로 덩그러니 남겨졌을
때도. 그녀가 남기고 간 그 다정한 말의 여운은 쉽사리 흩어지
지 않고 밤공기를 맴돌았다.

그날은, 좁고 초라한 택시 운전석에 매여 살며 패배자처럼
하루하루를 버티던 내가, 이 직업을 선택해 생계를 잇고 있는
나 자신이 세상에서 아주 조금은 '덜 초라하고 가치 있는 사람'
으로 느껴졌던 기적 같은 날이었다. 상처투성이였던 내 마음 한

구석이 분명하게, 그리고 먹먹할 정도로 따뜻해졌던 눈부신 새

벽이었다.

잠든 취객과
무심함 사이에서

하지만 공교롭게도, 세상의 잔인한 모순은 항상 같은 날, 같은 공간에서 일어난다. 술에 취한 여자 손님이 훌쩍이며 내리기 전 내 손을 덥석 붙잡고 연신 고맙다고, 기사님이 참 대단하다고, 진심으로 내 삶을 응원한다고 말해주던 바로 그 따스했던 밤.

택시를 타며 여태껏 수많은 남성 기사들을 만나다가, 비로소 오늘 같은 여성 기사를 만나 위로와 안도감을 받았다며 환하게 웃어주던 얼굴이 아직도 룸미러에 선명하게 떠오르던 몽글몽글한 시간이었다. 그녀가 건넨 그 진심 어린 한마디에 꽁꽁 얼었던 마음 한구석이 훈훈하게 데워져, '아, 적어도 오늘 밤

만큼은 참 기분 좋게 무사히 일할 수 있겠다'고 안심하던 찰나였다.

조금 뒤 번화가에서, 술 냄새를 훅 풍기는 덩치 큰 남자 두 명이 비틀거리며 내 택시에 합승해 탔다. 둘 다 만취 상태였고, 다행히 목적지까지 향하는 도로 위는 별다른 시비 없이 무거운 침묵만이 흘렀다. 중간 경유지에서 한 명이 비틀비틀 먼저 요금을 내고 내렸고, 이제 넓은 뒷좌석에는 나와 남은 남자 한 명만이 어둠 속에 덩그러니 남겨졌다.

한참을 달려 마침내 내비게이션이 목적지 도착을 알렸을 때, 뒷좌석의 남자는 이미 정신을 잃은 듯 아주 깊은 잠에 빠져 있었다. 나는 룸미러를 보며 "손님, 다 왔습니다" 하고 정중하게 불렀지만, 그는 미동조차 하지 않았다. 목소리를 높여 몇 번을 거듭해 불러보아도 시체처럼 축 늘어진 채 아무런 반응이 없었다.

좁고 어두운 차 안에서 술에 취해 이성을 잃고 곯아떨어진 건장한 남자 손님을 깨우는 일은, 택시 기사에게 언제 터질지 모르는 뇌관을 건드리는 것만큼이나 극도로 조심스럽고 위험한 일이다. 특히 인적 드문 캄캄한 밤, 물리적 힘이 약한 여성 기사인 내게는 등골이 오싹해질 만큼 더더욱 공포스러운 상황이었다.

행여나 잠결에 깜짝 놀란 척하며 무작정 손을 뻗어 내 몸을 터치하거나, 폭력을 휘두를까 봐 두려워 직접 내 손으로 그의 몸에 손을 대어 흔들어 깨울 수는 절대 없었다. 그것은 이 일을 시작하며 내가 철칙으로 삼은 마지막 '안전선'이었고, 그 위험한 선을 넘지 않고 불필요한 마찰을 피하기 위해 나는 늘 다른 합리적인 선택을 해왔다.

그래서 나는 잠시 고민하다가, 차를 돌려 곧장 불이 켜진 가장 가까운 지구대로 차를 몰았다. 공권력에 정당하게 도움을 요청하면, 경찰관들이 안전하게 이 취객을 집으로 보내주며 모든 상황이 깔끔하게 해결될 거라고 순진하게 믿었기 때문이다. 나는 평범한 시민이고, 이것은 내가 혼자서 폭력의 위험을 무릅쓰고 감당해야 할 사적인 일이 아니라, 치안을 담당하는 누군가의 개입과 도움이 절실하게 필요한 공적인 상황이라고 굳게 믿었다.

지구대 앞에 차를 세우자 제복을 입은 경찰관 두 분이 귀찮은 기색으로 걸어 나왔다. 그들은 뒷좌석 문을 열고 잠든 손님의 상태를 플래시로 비추며 확인하더니, 툭툭 어깨를 거칠게 흔들어 깨워보았지만 역시나 손님은 꿈쩍도 하지 않았다.

상황을 살피던 한 경찰관이 내게 귀찮다는 듯 인상을 쓰며 물었다. "기사님, 이 사람 원래 내리기로 한 목적지가 정확히 어딥니까?" 내가 내비게이션에 찍힌 주소를 솔직하게 대답하자, 그는 곤란하다는 듯 고개를 휙 저으며 딱 잘라 말했다.

“아, 그 동네는 우리 지구대 관할 구역이 아닙니다. 지금 여기서 우리가 해줄 수 있는 게 없어요. 번거로우시겠지만 기사님이 원래 가려던 그 목적지로 차를 다시 몰고 가서, 거기 현장에 도착한 뒤에 112로 정식 신고를 접수하세요.”

순간 뒤통수를 강하게 얻어맞은 듯 말문이 턱 막혔다. 도대체 이게 상식적으로 맞는 상황인가 싶었다. 술에 취해 인사불성이 된 시한폭탄 같은 남자를 비좁고 어두운 밀폐 공간에 나와 단둘이 덩그러니 남겨둔 채, 또다시 목적지까지 불안에 떨며 운전을 해서 돌아가라니. 그리고 그 캄캄하고 낯선 골목길 현장에 도착해서, 벌벌 떨리는 손으로 또다시 112를 누르고, 출동한 다른 경찰관에게 이 어처구니없는 상황을 처음부터 끝까지 구구절절 설명하며 조치를 기다려야 한단 말인가.

하지만 나는 관할을 따지며 귀찮아하는 경찰들과 핏대를 세워가며 따지고 지체할 기력조차 없었다. 이 술 냄새 진동하는 찝찝한 차 안에, 저 덩치 큰 낯선 취객과 1분 1초라도 더 단둘이 오래 머무르고 싶지 않았을 뿐이다. 그래서 억울한 마음을 꾹 누른 채 아무 말 없이 다시 무거운 차를 몰았다.

다시 캄캄한 목적지에 힘겹게 도착해 차를 세우고 112에 신고 전화를 걸었다. 한참의 시간이 흐른 뒤 이번에는 관할 순찰차가 요란하게 사이렌을 울리며 출동했다. 새로 도착한 경찰관들이 억지로 취객의 팔을 끌어내려 흔들어 깨웠고, 그제야 욕설을 중얼거리며 깬 손님이 비틀비틀 집으로 들어가면서 지긋지긋했던 상황은 간신히 찝찝하게 정리되었다.

모든 소란이 끝났을 때, 엉망이 되어버린 차 안에는 다시 나 혼자만이 너덜너덜해진 채 버려지듯 남겨졌다. 적막이 흐르는 차 안에는, 웅웅거리는 낡은 디젤 엔진 소리만이 내 서러운 한숨을 덮어주듯 조용히 낮게 울려 퍼지고 있었다.

그날 밤 나는 도로 위에서 너무도 잔인하고 상반된 두 가지 얼굴을 마주하며 뼈저리게 깨달았다. 택시라는 공간이 때로는 상처받은 이들이 기대어 우는 따뜻하고 감성적인 '움직이는 고해소'이기도 하지만, 현실에서는 언제 터질지 모르는 물리적 위협 속에서 모든 결정을 나 혼자 짊어지고 감당해 내야 하는 지독하게 외로운 '고립된 생존의 공간'이라는 것을.

어떤 손님은 내게 두 손을 꼭 잡고 진심으로 고맙다고, 기사님의 삶을 응원한다고 따뜻한 위로의 숨결을 불어넣어 주고 떠난다. 반면 또 다른 타인은 내 알량한 자존심과 안전을 처참하게 짓밟고, 나를 시험하듯 무례하게 최소한의 경계선마저 훌쩍 넘어버린다. 그리고 나를 지켜줄 거라 믿었던 세상의 시스템과 제도는, 관할 타령을 하며 철저히 나를 어둠 속에 방치해 버린다.

나는 그 무수한 극단의 경계선 사이를 위태롭게 줄타기하며, 내 알량한 친절과 절박한 생존의 안전, 그리고 기사로서의 책임감과 인간으로서의 한계 사이를 매일 밤 차갑게 저울질하며 고독하게 달려야만 한다.

그렇게 온탕과 냉탕을 오갔던 그 서늘한 밤 이후로, 나는 세상을 대하는 훨씬 더 냉정하고 확실한 기준을 갖게 되었다. 타인에게 무장해제하며 다정하게 친절을 베풀어도 괜찮은 안전한 순간과, 내가 다치지 않기 위해 눈 딱 감고 피도 눈물도 없이 단호하게 멈춰 서서 끊어내야 하는 순간을 명확히 구분하는 차가운 통찰력.

역설적이게도 그 정 없는 차가운 기준들이 험한 도로 위에서 폭력과 체념으로부터 결국 '나라는 사람'을 가장 안전하게 지켜주고 방패가 되어준다는 서글픈 사실도 함께.

그럼에도 불구하고. 나는 오늘 밤에도 낡은 택시 키를 주머니에 넣고 집을 나서며 여전히 핸들을 놓지 않는다.

모두가 잠든 밤의 도로는 항상 불규칙하게 위험하고, 뒷좌석에 오르는 낯선 사람의 속내는 영원히 예측할 수 없으며, 택시 기사의 삶은 매 순간 살얼음판 위에서 선택의 칼날 위를 달리는 것과 같다. 아주 조금만 긴장을 풀고 방심해도 내 일상이 산산조각 날 만큼 위험해질 수 있고, 마음을 열어 아주 조금만 친절을 베풀어도 그 선의를 오해받아 불쾌한 스토킹이나 희롱의 타깃이 될 수도 있다.

누군가는 오늘 밤에도 술에 떡이 되어 뒷좌석에서 헛소리를 해대며 내 인내심의 한계를 시험할 것이고, 누군가는 백미러 너머로 뚫어질 듯 노골적인 시선을 던지며 목적지에 닿을 때까지 아무 말 없이 내 숨통을 조이고 불안하게 만들 것이다. 그리고 또 언젠가는 나를 보호해 줘야 마땅할 법과 제도의 허술한 빈틈 속에서, 나는 철저히 세상에 버려진 듯 외롭게 혼자 남아 눈물을 삼켜야 할지도 모른다.

그 모든 숨 막히고 모멸감 넘치는 순간이 내 멘탈을 휩쓸고 지나갈 때마다, 마음속 깊은 곳에서 체념 섞인 하나의 묵직한 질문이 자연스럽게 따라붙는다. '너, 대체 무슨 부귀영화를 누리겠다고 언제 죽을지도 모르는 이 미친 짓거리를 계속할 수 있을까?'

하지만, 푸른 새벽 공기를 가르며 처음 타본 택시에서 "여자 기사님이 계셔서 오늘은 정말 맘 놓고 푹 자면서 갈 수 있어 너무 안심됐어요"라며 활짝 웃어주던 손님의 그 화사한 미소. 한때 잘나가던 사장이었던 내 과거가 어떤지, 바닥까지 처박혀 생계를 위해 운전대를 잡은 내가 어디까지 초라해진 사람인지 굳이 캐묻지도 않은 채, 그저 지친 하루의 끝에 내 택시가 와주어서 진심으로 고맙다고, 그 고된 노동을 견디는 삶 자체가 너무도 대단하다고 눈 맞추며 따뜻하게 말해주던 무수한 선의의 얼굴들.

상처로 너덜너덜해진 내 영혼을 꿰매어주는 그 진심 어린 다정한 한마디 한마디가 모여, 내가 포기하고 싶던 오늘 이 길고 긴 하루의 운전대를 악착같이 붙잡고 버티게 만드는 유일한 원동력이 되어준다.

무엇보다 내가 이 일을 놓지 못하는 가장 중요한 이유는, 남의 시선에 쫓겨 도망치듯 숨어 지내던 내가 비로소 이 1평 남짓한 운전석 자리에서만큼은 '나라는 주체'를 결코 잃지 않고 살아 숨 쉬고 있기 때문이다.

그래서 눈부신 아침이 밝아오면, 오늘도 나는 구겨진 유니폼을 털고 일어나 다시금 매연 가득한 험난한 길 위로 힘차게 차를 끌고 오를 것이다. 오늘 밤 태워야 할 낯선 승객들의 목적지가 구체적으로 어디인지 도무지 알 수 없어도 상관없다. 적어도 내 남은 인생을 스스로 책임지고 주도해 나갈, 내 삶의 이 유일한 핸들만큼은 목숨처럼 끝까지 꽉 쥐고 결코 놔버리지 않기 위해서.

3부

미터기가 꺼지고
비로소
보인 것들

* * *

사납금,
감정 없는 차가운 숫자

사납금에는 감정이 없다. 몸이 쑤시고 아프든, 하루가 온통 엉망이든, 어제 운행이 얼마나 고됐는지는 전혀 고려 대상이 아니다. 그날 하루의 결과표만 냉정하게 남고, 그 숫자가 기준을 넘었는지 아닌지만을 차갑게 통보할 뿐이다.

처음엔 나를 옥죄는 그 숫자가 숨 막히게 두려웠다. 몸도 완전히 회복되지 않았고, 택시 운행 리듬조차 익숙하지 않던 시기였다. 콜이 유독 안 잡히는 날이면 초조한 마음에 핸들을 쥔 손에 잔뜩 힘이 들어갔다.

'과연 오늘은 채울 수 있을까.' 그 무거운 질문은 하루의 시작과 동시에 찾아와, 시동을 끄는 하루의 끝까지 꼬리표처럼 나를 따라다녔다.

사납금을 채우겠다고 억지로 무리하고 싶지는 않았다. 위험하게 속도를 높이거나, 내 아픈 몸을 갈아 넣듯 일하고 싶지도 않았다. 하지만 그렇다고 요령을 피우며 대충 넘길 수도 없는 노릇이었다. 이 일은 내가 땀 흘려 열심히 한다고 해서 누군가 알아주고 짐을 덜어주는 자선 사업이 아니었고, 반대로 하루 성실하지 못했다고 해서 당장 자격이 박탈되는 일도 아니었다.

나는 도로 위에서 숱한 날을 보내며 점차 깨달았다. 사납금은 내 피를 쥐어짜기 위한 잔인한 올가미가 아니라, 비가 오나 눈이 오나 매일 나를 운전석에 앉히게 만드는 '최소한의 약속'이라는 것을.

정해진 시간에 늦지 않게 출근하고, 핑계를 대며 콜을 가리지 않고, 내 몸이 허락하는 선에서 묵묵히 움직이는 것. 그 지루하고 단순한 반복이 결국 나의 하루를, 그리고 삶을 만들어가고 있었다.

무사히 하루치 사납금을 채웠다고 해서 세상을 다 가진 듯한 대단한 성취감이 밀려오는 건 아니었다. 다만, "오늘도 비겁하게 도망치지 않고 내 몫을 해냈다"는 작고 단단한 확인 정도가 남을 뿐이었다.

예전의 나는 의욕이 넘칠 때만 에너지를 몰아서 쏟아붓는 사람이었다. 운이 좋아 잘될 때는 과하게 달리고, 한 번 벽에 부딮혀 안 될 때는 아예 모든 걸 놔버리고 멈춰서는 극단적인 방식이었다. 하지만 택시는 그런 변덕을 결코 허락하지 않았다. 매일 똑같은 자리에서, 똑같은 조건으로 다시 덤덤하게 시작해야만 하는 일이었다.

사납금은 나에게 '성실함'의 진짜 의미가 무엇인지 다시 가르쳐 주었다. 열정에 불타올라 맹렬하게 일하는 날만 의미 있는 것이 아니라, 아무 일도 일어나지 않는 지루하고 평범한 날들을 묵묵히 끝까지 채워내는 끈기. 남들 눈에 띄지도 않고 누구 하나 칭찬해 주는 이 없어도, 그날의 몫을 온전히 넘겨내는 것.

하루하루 사납금을 채워나가며, 나는 성실함이란 순간의 불타는 '의지'가 아니라 꾸준한 '체력'이며, 비장한 '각오'가 아니라 덤덤한 '습관'이라는 진리를 몸으로 배웠다.

그 매일의 무게는 생각보다 훨씬 더 묵직했다. 결코 가벼운 마음으로 덜렁 들고 뛸 수 있는 종류의 책임감이 아니었다. 하지만 아이러니하게도 그 버거운 무게 덕분에 나는 오늘도 핸들을 잡는다. 내가 특별히 대단하고 훌륭한 사람이라서가 아니라, 내게 주어진 이 길을 계속 걸어가기 위해서.

그러나 성실하다고 해서 늘 결과가 좋고 괜찮은 것만은 아니었다. 알람 소리에 맞춰 늦지 않게 출근했고, 까다로운 콜도 가리지 않고 넙죽 받았으며, 아픈 몸이 허락하는 선에서 최선을 다해 부지런히 움직였다.

그런데도 이상하게 첫 단추를 잘못 끼운 듯 하루 종일 엇나가기만 하는 날이 분명 있었다. 콜은 가뭄에 콩 나듯 잡힐 듯 말 듯 잡혔고, 기름값도 안 나오는 짧은 기본요금 거리만 야속하게 이어졌으며, 교차로마다 붉은 신호는 유난히 길게 나를 가로막았다. 애써 평정심을 유지하며 조절해 둔 내 운행 리듬이 자꾸만 삐걱거리며 어긋났다. 나는 더 위축되어 조심스러워졌고, 덩달아 마음은 걷잡을 수 없이 불안해졌다.

'이렇게 발버둥을 치는데도 끝내 못 채우면 어쩌지.'

몸은 운전석에 꼿꼿이 앉아 앞을 보고 있었지만, 마음은 자꾸만 미터기의 초라한 숫자 쪽으로 속절없이 기울었다. 아직 까마득하게 채워야 할 남은 금액, 자정까지 얼마 남지 않은 시간, 그리고 통증을 참으며 버틸 수 있는 내 몸의 한계.

나의 성실함은 분명 보이지 않는 곳에 차곡차곡 쌓이고 있을 텐데, 정작 눈앞의 결과는 당장 나타나 주지 않았다. 그럴 때마다 나는 캄캄한 도로 위에서 끊임없이 나 자신에게 묻곤 했다. '내가 지금 뭔가 크게 잘못하고 있는 걸까?' '아니면 이 일은 원래 이렇게 지독하고 마음대로 안 되는 걸까.'

하지만 돌이켜보면 그 꼬여버린 날들은 내게 특별한 문제가 있어서가 아니었다. 그저 인생의 수많은 날 중, 비포장도로처럼 잠시 덜컹거리며 흔들리는 날들이었을 뿐이다. 성실함이 언제나 달콤한 보상을 즉각적으로 약속해 주는 것은 아니었다. 다만 나를 벼랑 끝에서 완전히 멈춰 서지 않게 붙잡아 줄 뿐이었다. 그 차갑고도 다정한 진실을 온전히 받아들이기까지, 나는 꽤 많은 날들을 속절없이 흔들리며 지나와야만 했다.

그리고 마침내, 그날은 기어이 사납금을 채우지 못하고 펑크를 내고 말았다.

미터기 마감 버튼을 누르는 순간 액정에 뜬 숫자는 너무도 선명하고 분명해서, 그 어떤 변명이나 핑계를 댈 여지조차 없었다. 사실 종료 버튼을 누르기 직전까지도 나는 미련을 버리지 못하고 머릿속으로 끊임없이 계산기를 두드렸다. 혹시라도 피곤해서 내가 숫자를 잘못 본 건 아닐까. 혹시 아직 전산에 반영되지 않은 콜이 기적처럼 하나 더 숨어 있지는 않을까. 부질없는 희망으로 결제 화면을 몇 번이나 새로고침했다.

하지만 냉정한 숫자는 요지부동 그대로였다. 내 아픈 하루를 통째로 갈아 넣고 달렸음에도, 끝내 회사가 정한 기준선 아래였다. 나는 차마 시동 엔진을 끄지 못한 채, 어두운 주차장 한 구석에서 잠시 그대로 얼어붙어 있었다.

교대 시간이 되자 주차장에는 다른 기사님들의 차가 피곤한 배기음을 내며 하나둘씩 들어오고 있었다. 누군가는 홀가분한 목소리로 누군가와 통화를 하며 껄껄 웃었고, 누군가는 차에 기대어 달게 담배 연기를 뿜어냈다. 나는 행여나 내 몰골이 보일까 봐, 괜히 닫혀 있던 창문을 한 번 더 끝까지 위로 밀어 올렸다. 밖의 그 누구도 나를 신경 쓰거나 쳐다보지 않았는데, 이상하게도 내 무능함을 온 세상에 들켜버린 것만 같이 부끄러웠다.

'결국 오늘 못 채웠구나.' 머릿속을 맴도는 그 짧은 문장이 가슴 안쪽을 육중한 돌덩이처럼 천천히 짓눌러왔다.

사실 객관적으로 보면 그렇게 큰 실패도 아니었다. 고작 하루 사납금을 못 채웠다고 해서 내일 당장 세상이 두 쪽 나거나 무너지는 일도 아니었다. 하지만 어떻게든 내 힘으로 1인분을 해내겠다고 내 스스로 굳게 세워둔 그 '최소한의 선'을 넘지 못했다는 사실이, 이상하리만치 내 밑바닥 자존심을 날카롭게 건드리고 생채기를 냈다.

식어가는 핸들 위에 무거운 이마를 잠깐 툭 기대었다. "아, 조금만 더 탈 걸 그랬나."

망가진 몸은 이미 지쳐 비명을 지르고 있었지만, 미련이 남은 마음은 만약이라는 가정하에 계속해서 계산을 거듭했다. 허리가 쑤셔도 진통제를 삼키며 조금 더 무리했더라면 목표를 채울 수 있었을까. 눈 딱 감고 마지막 한 콜만 더 악착같이 물고 늘어졌더라면 채울 수 있었을까.

하지만 그 욕심 섞인 '조금 더'가 당장 내일 아침 침대에서 일어나지도 못할 극심한 통증으로 되돌아올 수도 있다는 것을, 나는 이미 뼈저리게 알고 있었다.

그날은 내 택시 인생에서 처음으로, 쓰러지지 않기 위해 '버티는 것'과 몸을 망가뜨리며 '무리하는 것'의 명확한 차이를 온몸으로 체감한 날이었다. 사납금을 못 채운 것은 단순히 몇만 원이라는 돈의 손실 문제가 아니었다. 내 삶의 속도와 안전의 기준을 과연 어디에 둘 것인가를 묻는 치열한 시험대였다.

상념 끝에, 나는 마침내 미련을 버리고 차 키를 돌려 엔진을 껐다. 푸르르 떨리던 진동이 멎고 조용해진 차 안에서, 요동치던 심장 박동도 비로소 차분히 제자리로 돌아왔다. 사납금을 채우지 못했다는 쓸쓸한 패배감이 완전히 사라지진 않았지만, 적어도 아픈 몸의 경고를 무시하고 억지로 달리다 쓰러지는 최악의 수로 '도망치지' 않았다는 위안은 남았다. 무엇보다 나는, 실패한 오늘을 뒤로하고 내일 다시 이 운전석에 앉아 새롭게 시동을 걸 거라는 사실을 스스로 분명히 알고 있었기 때문이다.

나는 엔진이 식어가는 차 안에서 한참 동안 핸들 위에 손을 얹은 채 말없이 앉아 있었다. 짙은 어둠이 깔린 차 안은 심연처럼 고요했다. 괜스레 오늘 지나온 하루의 동선을 되감기 하듯 다시 계산해 보았다. 어디서 더 갈 수 있었을지, 조금만 더 무리했으면 채울 수 있었을지. 하지만 그 부질없는 만약의 질문들은 이미 손가락 사이로 빠져나간 과거의 시간 위에서만 허무하게 맴돌 뿐이었다.

무거운 발걸음을 이끌고 집에 돌아와서도, 쑤시는 몸보다 텅 빈 마음이 훨씬 더 천근만근 무거웠다. 욕실에 들어가 씻고,

눕고, 방 안의 불을 끄는 그 모든 일상적인 동작들이 물먹은 솜처럼 느리게 이어졌다.

사납금을 펑크 냈다는 물질적인 사실보다, '나는 결국 오늘도 실패한 걸까'라는 자괴감이 가슴을 더 아프게 찔렀다. 내가 사장이었던 예전 같았으면, 내 뜻대로 굴러가지 않은 그 완벽하지 못한 하루를 핑계 삼아 며칠 동안 스스로를 지독하게 괴롭히고 실망했을지도 모른다.

하지만 그날 밤의 나는, 나를 자학하는 그 우울한 늪으로 빠져들지 않고 딱 거기까지만 생각하기로 스스로 멈춤 버튼을 눌렀다.

나의 오늘은 딱 여기까지였다. 부족하면 부족한 대로, 사납금을 끝내 못 채우고 빈손으로 돌아온 날조차도 결국 내 택시 인생의 당연한 일부라는 사실을 담담히 인정하기로 했다.

눈부신 '성실함'이란 한 번의 오차도, 펑크도 없는 100점짜리 완벽한 기록지를 만들어내는 것이 아니었다. 비록 오늘 넘어지고 목표에 미달했더라도, 나를 갉아먹지 않고 내일 다시 운전석 문을 열고 나갈 수 있는 '회복하는 힘'. 그것이 진짜 성실함이라는 것을, 나는 실패로 얼룩진 그 캄캄한 밤에 아주 조금, 깊게 배웠다.

* * *

공항은
기회의 얼굴을 하고 있다

인천공항은 택시 기사들에게 언제나 묘한 긴장감을 불러일으키는 공간이다. 거리가 긴 공항 콜은 단 한 번의 운행만으로도 하루 사납금의 상당 부분을 채울 수 있는 달콤한 기회의 땅이지만, 치열한 경쟁이 빗발치는 전쟁터다. 특히 공항 안으로 들어서면 호객 행위로 남의 손님을 중간에서 가로채는 이른바 '삐기'가 심심치 않게 일어난다. 처음 운전대를 잡았을 때만 해도 같은 유니폼을 입은 업계 동료라고 믿었던 사람들이, 실은 내 밥그릇을 빼앗기 위해 혈안이 된 맹수 같은 경쟁자라는 사실을 받아들이기까지는 꽤 오랜 시간이 걸렸다.

그날도 나는 피 마르는 긴장 속에서 공항 주변을 빙빙 도는 이른바 '뺑뺑이'를 돌다 기적처럼 콜을 하나 잡았다. 목적지는 무려 강남. 모든 택시 기사가 쌍심지를 켜고 노리는 가장 탐나는 노선 중 하나였다. 손님을 픽업하기 위해 약속된 게이트로 미끄러져 들어가는 동안, 가슴 한구석에서는 벅찬 기대와 설렘이 교차했다. '아, 이번 콜만 무사히 모시면 오늘 사납금 걱정은 끝이구나.'

하지만 그 부푼 기대감이 잔인한 현실의 바닥으로 곤두박질치는 데는 그리 오랜 시간이 걸리지 않았다. 게이트 앞에 차를 세웠을 때, 약속된 손님은 그 자리에 없었다. 콜을 수락하고 불과 5분도 채 지나지 않은 시점이었다. 텅 빈 인도 위에서 당황한 내 시선 끝으로, 스마트폰 액정에 뜬 차가운 알림창 하나가 눈에 들어왔다. [손님에 의해 호출이 취소되었습니다.]

순간, 상황의 퍼즐이 잔인하게 맞춰졌다. 내가 터미널을 돌아 게이트로 오는 그 짧은 틈을 타, 공항을 배회하며 불법 호객을 하던 다른 기사가 내 손님을 감언이설로 낚아채 버린 것이다. 손님은 이미 남의 택시 뒷좌석에 앉아 공항 고속도로를 빠져나가고 있을 터였다.

머리를 세게 얻어맞은 듯한 허탈감과 배신감, 그리고 끓어오르는 분노가 한꺼번에 밀려왔다. 강남이라는 목적지를 보고 들떴던 내 마음, 엑셀을 밟으며 달려왔던 그 초조한 시간이 단숨에 휴지 조각처럼 구겨져 버린 느낌이었다. 멱살이라도 잡고 따지고 싶었지만, 범인은 이미 사라지고 없었고 어디에 하소연할 곳조차 없는 완벽한 패배였다. 배신감에 심장이 불규칙하게 뛰었고, 억울함에 핸들을 쥔 손끝이 파르르 떨렸다.

나는 텅 빈 공항 게이트 앞에서 뼈저리게 깨달았다. 아, 택시라는 직업은 단순히 길 위에서 손님을 태우고 내리는 순진한 운전업이 아니구나. 남의 밥그릇을 걷어차서라도 내 배를 채워야 하는, 피 튀기는 경쟁과 교활한 심리전이 지배하는 정글이구나.

그날의 참담했던 기억 이후, 나는 공항을 대하는 전략을 완전히 바꾸었다. 대박 콜을 좇아 기약 없이 공항 주변을 맴돌며 시간을 허비하느니, 차라리 톨게이트 비용을 감수하고서라도 빈 차로 영종도나 인천 시내 쪽으로 빠져나가는 길을 택했다. 남에게 눈 뜨고 코를 베이는 허탈함과 분노를 도로 위에서 반복적으로 겪으며 내 영혼을 갉아먹느니, 차라리 마음을 비우고 손해를 최소화하는 편이 내 멘탈을 지키는 데 훨씬 낫다는 서늘한 판단이었다.

처음엔 같은 유니폼을 입은 사람들을 서로 의지할 동료라고 순진하게 믿었지만, 현실의 아스팔트 위는 차가웠다. 택시는 끈끈한 동료애로 뭉친 조직이 아니라, 각자가 살아남기 위해 언제든 내 콜을 가로채는 경쟁자가 될 수 있는 철저한 개인전이었다. 그 매정한 사실을 있는 그대로 받아들이고 나자, 오히려 사람에 대한 알량한 기대가 사라지며 마음의 무게가 한결 가벼워졌다.

텅 빈 게이트 앞에서의 그날 사건은 단순한 한 번의 '콜 뺏김'이나 운 나쁜 실패가 아니었다. 뜬구름 잡던 나의 안일한 직업관과 현실 인식을 바닥부터 완전히 뒤집어 놓은 뼈아픈 계기였다.

그 이후로 공항이나 번화가에 들어설 때면, 나는 순진하게 콜 알림만 믿고 넋 놓고 기다리지 않는다. 백미러로 주변 기사들의 움직임을 예민하게 살피고, 불필요한 기다림이나 헛된 희망은 과감하게 잘라낸다. 눈앞에서 놓친 대박 콜 하나에 일희일비하며 분노에 사로잡히기보다, 내 페이스를 유지하며 묵묵히 나만의 방식으로 하루의 동선을 운영하는 법을 배웠다.

택시 운전석이라는 공간은 목적지까지 무사히 운전대만 돌리면 끝나는 단순한 세계가 아니었다. 불합리한 반칙과 약육강식의 경쟁 속에서도 흔들리지 않는 단단한 심리적 균형, 그리고 내 하루를 지켜낼 냉정한 전략과 인내가 동시에 요구되는 고독한 세계였다. 기회의 얼굴을 하고 수많은 기사를 유혹하는 공항의 화려한 불빛 뒤에서, 나는 나를 지키기 위해 기꺼이 환상을 버리고 지독한 현실을 끌어안았다.

* * *

비 오는 날은
멈출 수 없었다

비가 억수같이 쏟아지는 날이었다. 와이퍼를 최고 속도로 바쁘게 돌려도 눈앞의 시야는 도무지 또렷해지지 않았다. 비는 일정하게 내리지 않고, 잦아들었다가 다시 거세게 굵어지기를 변덕스럽게 반복했다. 빗줄기가 굵어질 때마다 차창 밖의 풍경도 덩달아 흐릿하게 지워졌다. 신호등 불빛은 습기 찬 유리창 위로 붉게 번졌고, 가로등은 마치 물 위에 둥둥 떠서 일렁이는 것처럼 보였다. 차선은 빗물에 잠겨 아스라히 보였다가 이내 흔적도 없이 사라지곤 했다.

이런 날은 아무리 베테랑 기사라 할지라도 운전하기가 몹시 까다롭고 힘들다. 그래서 보통은 본능적으로 엑셀에서 발을 떼고 속도를 늦추게 마련이다. 그런데 참 아이러니하게도, 이렇게 앞이 제대로 보이지 않는 궂은날일수록 대시보드의 콜 알림은 쉴 새 없이 요란하게 울려댄다.

손님 한 명을 무사히 목적지에 내려놓기가 무섭게 곧바로 다음 콜이 밀려 들어왔다. 숨 돌릴 틈조차 없이 알림음이 겹쳐서 울렸다. 하지만 나는 쏟아지는 콜 속에서도 오히려 속도를 더 줄였다. 룸미러로 뒤차가 바짝 다가와 압박하는 것이 느껴졌지만, 굳이 신경 쓰지 않으려 애를 썼다. 빗길에서는 마음이 조급해져 서두를수록 오히려 목적지에 도착하는 시간이 더 늦어지고 위험해진다는 것을 여러 번의 경험으로 이미 뼈저리게 알고 있었기 때문이다.

뒷좌석에 타는 손님들은 대부분 젖은 우산을 접고 빗물을 터느라 바빴다. 밀폐된 차 안은 금세 축축하게 젖은 옷가지와 짙은 물 비린내로 가득 찼다. "아휴, 오늘 비가 정말 많이 오네요." 그날 하루, 똑같은 인사말을 뒷좌석에서 몇 번이나 들었는지 모른다. 나는 그 말에 굳이 길게 대답하지 않고 거울 너머로 가볍게 고개만 끄덕였다. 그날의 나는 쏟아지는 폭우 속에서 좁은 시야를 뚫고 앞을 똑바로 보는 데에만 모든 에너지를 소진하고 있었다. 미터기에 요금이 얼마가 찍혔는지 확인할 여유조차 없었고, 라디오 음악 소리가 켜져 있는지 꺼져 있는지조차 인지하지 못할 만큼 긴장해 있었다.

운전석 안은 침묵으로 고요했지만, 내 머릿속은 그 어느 때보다 바쁘게 돌아갔다. 빗물에 지워져 안 보이는 차선, 번지는 신호등 불빛, 브레이크를 밟아야 할 타이밍, 그리고 빗속 우산에 가려 불쑥 튀어나올지 모를 보행자까지 쉴 새 없이 계산하고 예측해야만 했다.

택시는 이런 날 역설적으로 가장 바빠진다. 사람들은 우산을 쓰고 걷기를 기피하고, 버스 정류장에서 처량하게 기다리는 것을 포기하며, 어떻게든 돈을 지불해서라도 빠르고 편안하게 이동하고 싶어 하기 때문이다. 하지만 나는 그 조급한 세상의 흐름에 내 운행의 템포를 억지로 맞추지 않으려 필사적으로 노력했다. 콜이 쏟아지는 피크 시간대라는 걸 뻔히 알면서도, 앞차와의 안전거리를 일부러 넉넉하게 벌리며 천천히 주행했다. 조금 늦어도 괜찮았다. 오늘 같은 날은 접촉 사고 하나 없이 손님과 나 모두 안전하게 도착하는 것만이 유일한 목표였다.

콜은 파도처럼 늘 일정하지 않았다. 없을 때는 이유 없이 뚝 끊겨버려 사람 피를 말리고, 몰릴 때는 숨 한 번 쉴 틈 없이 거칠게 밀어닥쳤다. 비가 쏟아지는 날은 어김없이 후자였다. 하늘에서 빗방울이 떨어지기 시작하면 사람들은 밖을 걷기를 일제히 포기했고, 그 대규모의 포기는 고스란히 내 액정 화면 위로 폭주하는 콜 숫자로 나타났다. 짧은 기본요금 거리, 장거리 가릴 것 없이 호출 알림은 화면 위에 탑처럼 쌓여갔다. 그날도 바로 그런 날이었다.

처음 시작한 콜은 지극히 평범했다. 비가 추적추적 내리는 이른 저녁, 빗길 탓에 평소보다 도로가 조금 더 막히는 정도였다. 크게 문제 될 건 없었다. 진짜 문제는 그다음부터였다. 한 콜 운행이 완전히 끝나기도 전에 다음 콜이 꼬리를 물고 떴고, 그다음 손님도 비슷한 패턴으로 계속해서 이어졌다.

거절할 틈이 없었다기보다는, 쏠쏠하게 돈벌이가 되는 이 황금 같은 흐름을 굳이 내 손으로 끊어내고 거절할 이유가 보이지 않았다. 지금 당장 피곤하다고 앱을 끄고 쉬어버리면, 다시 이만큼 콜이 쏟아질 때가 언제일지 장담할 수 없는 노릇이었기 때문이다. 그래서 무작정 수락 버튼을 눌렀다. 계속해서 받았다. '딱 이 콜까지만 하고 진짜 밥 먹으러 가야지.' 머릿속으로 수없이 굳게 했던 그 다짐은, 운행이 끝날 때마다 요란하게 울리는 새로운 콜 알림 앞에서 자꾸만 뒤로, 더 뒤로 하염없이 밀려났다.

끼니를 굶고 있다는 사실조차 처음에는 미처 의식하지 못했다. 아직 배가 고프지 않다고 뇌를 속였고, 원래 비 오는 피크 타임에는 밥 굶어가며 달리는 기사들이 태반이라며 스스로를 합리화하고 납득시켰다. 화장실도 마찬가지였다. 빨간 신호 대기 중에 문득 방광의 뻐근한 압박이 떠오르긴 했지만, 1분 1초가 돈인 지금 흐름을 끊고 화장실을 찾기엔 너무 애매하다는 핑계로 계속해서 엑셀을 밟으며 무시했다.

차는 쉴 새 없이 빗속을 뚫고 움직였고, 하늘의 비는 그칠 줄 몰랐다. 와이퍼가 앞 유리를 닦아내는 둔탁한 마찰음이 일정한 리듬처럼 반복됐고, 빗물에 젖은 아스팔트 위로 앞차의 붉은 브레이크등이 유난히 길고 몽환적으로 번져 보였다. 시야는 늘 물안개에 갇힌 듯 불분명했고, 나는 그 흐릿한 프레임 안에서 끊임없이 낯선 길의 방향을 잡아야만 했다.

시간은 참으로 기묘하게 흘러갔다. 대시보드의 시계를 들여다보지 않게 되었고, 지금이 깊은 밤인지 동이 트는 새벽인지조차 군이 구분하려 들지 않았다. 차창 밖이 완전히 캄캄해졌다가 다시 푸르스름하게 밝아오는 것을 멍하니 보고 나서야, 내 운행이 다음 날 하루로 훌쩍 넘어가 버렸다는 걸 뒤늦게 자각했다.

아마도 새벽 4시쯤이었을 것이다. 정확한 숫자는 기억나지 않지만, 북적이던 도로 위 차들이 눈에 띄게 줄어든 텅 빈 시간. 신호등만이 지나는 차 하나 없는 텅 빈 교차로를 향해 기계처럼 무의미하게 색을 바꾸고 깜빡이고 있었다. 그 새벽의 공기는 묘하게 진공 상태처럼 텅 비어 있었다. 밀폐된 차 안은 히터 열기로 따뜻하고 노곤했고, 와이퍼는 여전히 변함없는 일정한 속도로 앞 유리를 득득 긁어내리고 있었다.

그 규칙적인 리듬과 온기가, 피로가 극에 달한 내게 치명적인 졸음을 불러왔다. 무거운 눈꺼풀이 내 의지와 상관없이 한번 천천히 감겼다가 흠칫 놀라며 다시 떠졌다.

나는 차가운 핸들을 부서져라 더 세게 꽉 움켜쥐었다. '정신
차려. 이러다 다 죽어.' 스스로에게 속삭이듯 매서운 경고를 던
졌다. 꽉 닫힌 창문을 조금 아래로 틈을 내어 내리자, 비릿한 빗
물 냄새가 차 안으로 밀려 들어왔다. 차가운 새벽 공기가 피곤
에 절은 얼굴을 때리자, 아주 잠깐 의식이 또렷해지는 듯했다.

하지만 그 얄팍한 또렷함은 결코 오래가지 않았다. 텅 빈 사
거리 신호등 앞에 멈춰 섰을 때, 천근만근 무거워진 눈꺼풀이
속절없이 감겨버렸다. 내가 얼마나 의식을 잃었는지, 몇 초가
지났는지조차 알 수 없었다.

"빵—!" 정신을 잃고 눈이 감겼던 나는 뒤차가 울리는 날카롭
고 거친 경적 소리에 소스라치게 놀라며 번쩍 눈을 떴다. 심장
이 목구멍 밖으로 튀어나올 듯 미친 듯이 요동치고 쿵쾅거렸다.

'아.' 바로 그 찰나의 순간, 내 인생이 끝장날 수도 있었다는
끔찍한 위험의 실체가 비로소 선명하고 섬뜩하게 뇌리를 스쳤
다. 나는 지금 내 차를 온전히 통제하며 '운전'하고 있는 것이 아
니라, 졸음과 피로에 짓눌린 채 목숨을 걸고 위태롭게 '버티고'
있는 중이었다. 그 둘의 차이는 말 한 끗 차이처럼 보이지만, 생
사를 가를 만큼 거대하고 끔찍한 차이였다.

고개를 미친 듯이 좌우로 거칠게 흔들었다. 쏟아지는 잠을
깨기 위해 두 손으로 내 볼을 시뻘겋게 달아오를 만큼 세게 문
질렀다. 잠을 쫓아보려 라디오 볼륨을 찢어질 듯 올렸다가, 이

내 머리가 아파 다시 끄기를 반복했다. 억지로 잠은 쫓아냈지만, 한계치를 훌쩍 넘은 몸은 이미 내게 심각한 붉은 경고등을 보내고 있었다.

브레이크 페달을 밟고 있는 오른쪽 다리가 주체할 수 없이 사시나무처럼 미세하게 떨리고 있었다. 운전석 시트에 딱 붙어 있는 허리는 돌덩이처럼 굳어 감각조차 없었다. 억지로 치켜뜬 두 눈은 앞차의 윤곽에 제대로 초점을 맞추는 데 평소보다 훨씬 더 긴 시간이 필요했다.

그날 처음으로 내 머릿속에 '이대로 가다간 정말 큰일 나겠다. 이건 살인 행위다'라는 확신이 들었다. 하지만 소름 돋게도 동시에, 자본주의에 찌든 타협의 목소리가 함께 스멀스멀 기어 올라왔다.

'딱 한 콜만, 조금만 더 타자.' 조금만 더 버티고 달리면 오늘은 며칠 치 수입을 한 번에 다 채울 수 있다. 오늘 이 악물고 조금만 더 무리해 두면, 온몸이 쑤실 내일 하루쯤은 맘 편히 덜 나와도 된다. 그 알량한 '조금만 더'라는 악마의 속삭임이, 그 새벽 내 망가진 몸과 영혼을 밑바닥부터 조금씩 갉아먹고 있었다는 사실을 그때의 어리석은 나는 정확히 인식하지 못했다.

새벽 4시는 이 도시의 도로 위에서 모든 것이 가장 고요하게 잠드는 시간이자, 깨어 있는 사람의 체력과 정신력이 가장 바닥까지 취약해지는 잔인한 시간이기도 하다. 나는 그 캄캄한 시간, 처음으로 내 몸이 버틸 수 있는 생존의 한계선을 아슬아슬하게 밟고 서 있었다.

그리고 불행인지 다행인지, 눈을 감고 졸았음에도 당장 내 차에 '아무런 물리적 사고가 일어나지 않았다'는 그 결과론적인 사실 하나 때문에, 나는 내 앞에 도사린 치명적인 위험을 심각하게 과소평가해 버렸다. 그것이 내가 범한 가장 크고 멍청한 착각이었다.

팔다리가 후들거려도 아직 억지로 운전대 조작은 얼추 가능했고, 다행히 어딘가에 처박은 사고는 나지 않았으며, 단말기 화면의 꿀 같은 콜 알림은 여전히 쉴 새 없이 울려대고 있었다. 미련하게도 오직 그 사실만이, 내가 휴식을 포기하고 멈추지 않은 채 계속 엑셀을 밟아야 할 합당한 이유가 되어버렸다.

어느 순간부터는 굳어버린 허리 때문에 차에서 내릴 때 몸을 똑바로 펴는 것조차 힘겨워졌다. 비상등을 켜고 길가에 내려 앓는 소리를 내며 스트레칭하듯 몸을 비틀어 풀어주어야만 간신히 다시 좁은 운전석에 몸을 구겨 넣을 수 있었다. 그래도 멍청한 나는 그것이 끔찍하게 위험하다는 생각조차 하지 못했다. 돈 벌려면 남들도 다들 이렇게 몸 갈아 넣어 일한다고, 나 혼자만 특별히 유별나게 구는 건 아니라고 스스로를 끊임없이 세뇌하고 다독였다.

결국, 나는 무려 24시간을 꼬박 끊지 않고 운행하는 미친 짓을 저질렀다.

이제 그만 차를 세우고 좀 쉬어야겠다고 마음먹은 건, 이미 내 몸이 한계치를 한참 넘어서 망가진 뒤의 일이었다. 폭우가 잦아들고, 더 이상 배차 화면이 울리지 않고 쥐죽은 듯 고요해진 뒤에야 나는 비로소 갓길에 차를 멈춰 세웠다.

시동을 끄고 차 문을 열어 밖으로 나섰다. 가랑비를 맞으며 아스팔트 위에 멍하니 서 있는데, 내 몸이 내 의지대로 곧바로 움직여주지 않았다. 두 다리는 마치 남의 다리처럼 감각을 잃고 푹 꺾였고, 굽은 허리를 간신히 펴서 똑바로 세우는 데 억겁 같은 긴 시간이 걸렸다.

그 처참한 꼴이 되어서야 비로소 가슴이 덜컥 내려앉으며 이상하다는 생각이 들었다. '아, 내가 오늘 돈에 미쳐서 선을 훌쩍 넘게 달렸구나.'

하지만 참 아이러니하게도, 그 24시간의 폭주 동안 외부적으로는 단 하나의 문제도 없었다. 남의 차를 들이받은 접촉 사고도 없었고, 까다로운 진상 손님과의 다툼도 없었으며, 유독 기억에 남을 만큼 특별한 손님도 타지 않았다. 회사 전산망의 운행 기록상으로는, 그저 매출을 많이 올린 아주 모범적이고 '문제없는' 완벽한 하루였다.

그래서 나는 그날의 살인적인 노동을 내 인생에서 절대 피해야 할 '위험한 날'로 분류하지 않고 대수롭지 않게 넘겨버렸다. 나중에서야, 뼈가 시리게 아파진 한참 뒤에야 나는 깨달았다. 폭우 속에서 몸을 갈아 넣었던 바로 그날부터, 이미 망가졌던 내 몸이 다시금 소리 없이 무너지고 고장 나기 시작했다는 것을.

사고나 다툼 같은 눈에 띄는 사건이 터지지 않고 겉보기에 '아무 일도 없던 평범한 하루'가, 실은 사람의 몸과 마음을 가장 먼저 무섭게 닳아 없애고 부서지게 만든다는 잔인한 진리를, 어리석게도 그때의 나는 전혀 알지 못했다.

내 택시 인생에서 처음으로, 내가 잡고 있는 이 운전대가 더 이상 나를 지켜주는 생명줄이 아니라 나를 갉아먹는 칼날처럼 서늘하고 낯설게 느껴졌던 날이었다.

* * *

운전대가 낯설어진 날

처음엔 아주 사소하고 미세한 변화였다. 늘 잡던 익숙한 운전대를 쥐었는데, 내 손에 감기는 가죽의 촉감이 예전만큼 자연스럽지 않았다.

손의 감각이 둔해져 어색하다는 느낌이라기보다는, 핸들을 돌릴 때 어깨와 팔에 힘을 얼마나 주어야 하는지 찰나의 순간 머뭇거리게 되었다. 붉은 신호등에 걸려 꽉 쥐고 있던 손을 잠깐 풀었다가 다시 고쳐 잡는 순간, 손목 관절을 타고 찌릿하고 미묘한 뻐근함이 스쳤다. 딱 그 정도의 작고 조용한 균열이었다.

그날도 나는 아무렇지 않게 집을 나서 운행을 시작했다. 그저 피곤했던 어제와 크게 다르지 않은, 흘러가는 평범한 하루일

거라고 안일하게 생각했다.

콜은 꾸준히 들어왔고, 차는 매끄럽게 잘 나갔으며, 다행히 우려할 만한 접촉 사고도 없었다. 다만, 내 몸의 감각들이 세상의 속도보다 조금씩 늦게 반응하기 시작했다. 브레이크를 밟아야겠다고 머리가 명령할 때 오른쪽 발끝은 생각보다 반 박자 늦게 페달로 내려갔고, 차가 완전히 멈춰 선 뒤에야 '아, 차가 멈췄구나' 하고 뒤늦게 상황을 인지하는 멍한 순간들이 잦아졌다.

당장 남의 차를 들이받을 만큼 치명적이고 위험한 정도는 아니었다. 하지만 내 몸의 반응 속도는 분명 이전의 쌩쌩했던 나와는 확연히 달랐다. 수술했던 고관절 쪽 허리는 늘 돌덩이를 얹은 듯 묵직하게 가라앉아 있었다.

운전석에 올라타 시트에 엉덩이를 붙이고 바른 자세를 잡는 데만 꽤 오랜 시간이 걸렸고, 엉덩이와 허벅지가 푹신한 의자에 닿아 있는 물리적인 감각조차 안개가 낀 듯 선명하지 않았다. 예전과는 다르게, 이제는 시동을 걸기 전 차 안에서 눈을 감고 얕은 숨을 고르는 멈춤의 시간이 자연스럽게 길어졌다.

눈의 피로도 마찬가지였다. 밤샘 운행이 끝난 뒤 좁은 방에 누워도 눈의 긴장이 쉽게 풀리지 않았다. 피곤한 몸을 이끌고 집에 돌아와 방 불을 모두 끄고 캄캄한 어둠 속에 누워도, 시야에는 도로 위를 스쳐 가던 붉고 노란 잔상들이 지독하게 남아 있었다.

억지로 눈을 꽉 감아도, 차창 밖으로 번지던 가로등 불빛이 내 망막 뒤를 유령처럼 끝까지 따라붙었다. 육체는 이불을 덮고 잠을 자고 있었지만, 온전히 '휴식한다'는 느낌은 단 한 톨도 없었다. 무거운 눈을 다시 뜨면, 회복되지 못한 몸은 이미 기계적으로 다음 운행을 준비하며 삐걱거리고 있었다.

묵은 피로가 채 씻겨 내려가지 않은 찌뿌둥한 몸 위로, 또다시 무거운 하루의 노동이 가차 없이 얹혔다. 참으로 이상하고 소름 돋는 건, 그렇게 몸이 서서히 고장 나고 있는 한계 상황 속에서도 나는 기계처럼 엑셀을 밟으며 계속 운전을 하고 있었다는 사실이다.

콜 알림이 뜨면 뇌가 판단하기도 전에 손가락이 반사적으로 수락 버튼을 눌렀고, 목적지를 확인하면 이미 수백 번 가본 익숙한 길인 양 몸이 먼저 핸들을 꺾으며 반응했다. 내 맑은 이성과 머리가 아니라, 지치고 마모된 육체의 관성이 나를 대신해 위태롭게 일을 하고 있었다.

그래서 내 둔해진 운전은 더욱 치명적이고 위험했다.

어느 날은 횡단보도의 신호가 초록불로 바뀌었는데도, 나는 멍하니 허공을 응시한 채 엑셀을 밟지 못하고 잠깐 그대로 서 있었다. "빵—!" 뒤차가 신경질적으로 울리는 거친 경적 소리가 고막을 때리고 나서야, 소스라치게 놀란 발이 허둥지둥 움직였다.

또 어느 날은 깜빡이를 켜고 아슬아슬하게 차선을 변경하고 한참을 달린 뒤에야, '아, 방금 내가 무의식중에 차선을 바꿨지' 하고 뒤늦게 내 행동의 궤적을 소름 끼치게 인식하기도 했다.

당장 대형 사고로 이어지는 큰 실수는 아니었지만, 내 생명을 담보로 한 나의 집중력에 작고 치명적인 균열의 틈들이 조용히, 그리고 무섭게 늘어나고 있었다.

그럼에도 불구하고 나는 미련하게 스스로를 위로하며 안심시켰다. 아직 어딘가에 부딪힌 사고는 없고, 아직 회사에 징계를 받을 만한 큰 문제는 터지지 않았고, 무엇보다 아직은 내 두 손으로 꿋꿋하게 운전대를 잡고 돈을 벌고 있으니까.

내 몸의 나사가 하나둘씩 풀려 망가지고 있다는 사실을 인정하며 운전석에서 내려오기엔, 나는 이 좁은 차 안에서 매일 돈을 벌어 생계를 유지하는 굴레에 너무도 깊고 지독하게 갇혀 있었다. 운전이라는 노동은 머리가 아니라, 철저하게 피와 살로 이루어진 '몸'의 희생으로 굴러가는 일이었다.

몸이 갉아 먹혀 무너지면, 찰나의 순간 생사를 가르는 이성적인 판단력도 함께 탁하게 흐려진다는 그 무서운 진리를, 오만했던 그때의 나는 뼈저리게 알지 못했다. 그저 요새 잠이 부족해 조금 피곤한 상태로 고단한 하루를 버텨내고 있을 뿐이라고, 내 육체의 엄중한 경고를 한낱 가벼운 핑계로 합리화했다.

지금 멀리서 뼈아프게 그때를 돌아보면, 그 위태로웠던 시기는 돌이킬 수 없는 파국을 막기 위해 내 몸이 마지막으로 필사적인 경고 사이렌을 울려대던 골든타임이었다. 몸은 통증과 둔해진 감각을 통해 몇 번이나 제발 멈춰 서서 속도를 줄이라고 비명을 질렀고, 나는 돈에 눈이 멀어 그 간절한 비명들을 전부 무참히 짓밟고 지나쳤다.

그날 밤도 나는 아무런 사고 없이 무사히, 기적처럼 집으로 돌아왔다. 그리고 다음 날 아침, 쑤시는 몸을 억지로 일으켜 세워 다시 그 서늘하고 낯선 운전대를 꽉 잡았다.

내 몽롱한 뇌의 착각과 욕심을, 비명을 지르는 정직한 내 몸뚱어리보다 더 맹신하기 시작했던 비극의 시작이었다.

어느 날부터인가, 나는 허리가 '아프지 않은 온전한 순간'이 언제였는지 굳이 과거의 기억을 애써 더듬어 떠올려야만 했다. 수술한 고관절을 타고 오르는 허리는 무거운 납덩이를 단 듯 늘 묵직했고, 아침에 눈을 떠 굳은 몸을 일으킬 때도 그 끔찍한 뻐근함은 찰거머리처럼 그대로 따라왔다.

단순히 전날 밤 무리한 운행 탓에 남은 일시적인 피로의 여운이 아니었다. 아프고 무거운 그 통증 자체가, 이제는 숨 쉬는 것처럼 당연한 내 몸의 '기본 설정' 상태로 굳어져 버린 것이다.

주차장으로 내려가 낡은 택시에 올라타 시동 키를 돌리기 전, 뻣뻣한 허리를 달래기 위해 운전석 의자의 기울기를 미세하게 조정하는 헛된 시간이 매일 조금씩 길어졌다.

레버를 당겨 등받이를 한 칸 꼿꼿하게 세워보았다가, 불편함에 못 이겨 다시 뒤로 비스듬히 눕혔다가, 쿠션을 대고 찌릿한 허리를 시트 깊숙이 한 번 더 억지로 욱여넣어 보았다. 하지만 그 어떤 완벽한 각도로 시트를 맞추어도, 내 망가진 척추는 결코 완전히 편안해지지 않았다.

돈을 벌겠다는 의욕이 넘쳤던 예전에는, 열 시간 넘게 운전대를 잡고 있어도 내 허리의 존재감 따위는 전혀 의식하지 않고 씩씩하게 달렸다. 하지만 이제는 붉은 신호등에 걸려 브레이크를 밟고 멈춰 설 때마다, 욱신거리는 허리의 감각부터 가장 먼저 예민하게 곤두섰다. '아, 오늘 덜 아픈 줄 알았더니 이 지긋지긋한 통증이 여전히 숨죽여 살아 있네.'

그 묵직한 통증은 송곳으로 찌르는 것처럼 날카롭고 강렬하지 않았다. 그래서 나를 더 헷갈리고 애매하게 만들었다. 당장 응급실이나 병원으로 달려가야 할 만큼 숨넘어가는 고통은 아니고, 그렇다고 일상생활이 가능할 만큼 완전히 통증이 없는 정상 상태도 결코 아니었다.

나는 그 끔찍한 애매함과 타협하며, 진통제를 삼키고 매일 계속해서 엑셀을 밟았다. 망가진 몸이 내뿜는 통증의 강도는 결코 일정하지 않았다.

어떤 날은 컨디션이 좋아 기적처럼 아픈 줄 모르고 부드럽게 운전대를 넘기는 것 같다가도, 또 어떤 날은 횡단보도 앞에서 가볍게 브레이크를 밟을 때마다 허리 안쪽 뼈마디가 무거운 쇳덩이에 짓눌리듯 묵직하고 기분 나쁘게 내려앉았다.

그래도 그때의 내게 하루를 결정짓는 기준은 오직 하나뿐이었다. 진통제를 털어 넣든 파스를 덕지덕지 붙이든, 내 두 손과 발로 차를 '운전할 수 있으면' 내 몸은 여전히 돈을 벌 수 있는 괜찮은 상태인 것이다. 나는 내 소중한 몸의 통증을, 오로지 이 잔인한 택시 업무의 '운행 가능 여부'를 판가름하는 얄팍한 리트머스 시험지로 전락시켜 버렸다. 의학적으로 몸이 아프냐, 안 아프냐의 문제가 아니었다. 기계를 조작하듯 오늘 하루 당장 '운전이 되느냐, 마느냐'의 철저한 생존의 잣대뿐이었다.

그리고 서글프게도, 대부분의 날들은 욱신거리는 몸을 이끌고서라도 기어이 운전이 '되기는' 했다. 그렇게 통증은 떼어낼 수 없는 내 가난한 생활의 당연한 일부로 스며들었다.

허리가 찢어질 듯 아픈 상태로 액정을 눌러 콜을 수락하고, 허리가 끊어질 듯 아픈 상태로 웃으며 낯선 손님을 뒷좌석에 태우고, 허리가 무너져 내릴 듯 아픈 상태로 자정이 넘어 쓸쓸히 집에 돌아왔다.

참으로 무섭고 이상한 건, 매일매일 통증을 달고 그렇게 미련하게 살다 보니, 어느 순간부터 끔찍했던 통증의 강도가 조금 옅어진 것처럼 느껴졌다는 거다. 아니, 정확히 정정하자면 통증의 실체가 옅어지고 사라진 게 아니라, 고통을 느끼는 내 뇌의 감각 세포가 그 끔찍함에 무감각하게 '익숙해져' 버린 것이다.

날카롭게 내 신경을 찌르던 아프다는 감각이 점차 안개 낀 듯 선명하지 않게 변했다. 대신 끈적끈적한 늪처럼 내 삶의 모든 배경에 묵직하게 깔려 나를 서서히 가라앉히고 있었다. 운전 중에 시끄러운 라디오 볼륨을 무심코 낮춰버리듯, 나는 내 몸이 내지르는 고통스러운 비명마저 생계라는 핑계로 내 의식의 가장 어두운 뒤편으로 잔인하게 밀어내 버렸다.

통증이 일상이 되어 무뎌져 버린 그 순간이, 내 몸이 돌이킬 수 없이 무너져 내리는 가장 치명적이고 위험한 상태라는 걸 그때의 어리석은 나는 전혀 알지 못했다. 몸이 살기 위해 보내는 간절한 SOS 신호는, 그 강도가 커질수록 역설적이게도 외면하고 무시하기가 훨씬 더 쉬워졌다. 항상 달고 사는 만성적인 고통이 되어버렸으니, 굳이 놀라서 예민하게 반응할 필요성조차 느끼지 못하게 된 것이다.

어느 날 늦은 밤, 운행을 마치고 차에서 내리려다 다리에 힘이 풀려 순간적으로 균형을 잃고 푹 고꾸라질 뻔했다. 발을 헛디딘 것도, 미끄러운 흙을 밟은 것도 아니었는데, 평범하게 땅을 딛는 동작에서 내 다리가 뇌의 명령보다 한 박자 늦게 허우적거렸다. 나는 화들짝 놀라, 아무 일도 없었다는 듯 황급히 자세를 고쳐 잡고 허리를 꼿꼿이 폈다.

그리고 가장 먼저 한 행동은, 다친 다리를 살피는 게 아니라 혹시라도 비틀거리는 내 볼품없는 모습을 쳐다보는, 주변에 낯선 사람이 없는지 힐끔거리며 눈치부터 살피는 일이었다. 다행히 아무도 나를 보지 않았고, 나는 그날도 파스를 뿌리고 절뚝이며 남은 할당량의 운행을 채웠다.

모든 노동을 마치고 무거운 몸을 이끌고 집에 돌아와, 현관 차가운 바닥에 주저앉아 꽉 조인 신발 끈을 풀고 신발을 벗으려 했다. 그런데 평소처럼 허리를 가볍게 숙이는 그 단순한 동작 하나가 숨이 턱 막힐 정도로 고통스럽고 힘겨웠다.

허리가 뻣뻣하게 굳어 잠깐 동작을 멈췄다가, 길게 숨을 한 번 들이마셔 고르고 난 뒤에야 간신히 손을 뻗어 신발을 벗을 수 있었다. 바로 그 순간, 등골을 타고 서늘하고 이상하다는 자각이 번개처럼 뇌리를 스쳤다. '아, 예전 건강했을 때의 나는 이런 사소한 동작쯤은 아무런 생각이나 통증 없이 단숨에 해치웠었는데.'

하지만 나는 그 불길하고 슬픈 깨달음조차 오래 붙잡아 두지 않고 서둘러 떨쳐냈다. 당장 내일 새벽에도 사납금을 채우기 위해 끔찍한 운전석에 올라타야 했고, 내게는 서글픈 내 몸의 통증 따위를 한가롭게 곱씹고 연민할 시간적, 정신적 여유 따위는 없었기 때문이다.

지독한 통증은 마침내 내 삶의 셋방살이를 끝내고, 버젓이 안방을 차지하며 내 육체 속에 완벽하게 자리를 잡았다. 진통제를 먹어도 영원히 없어지지 않았고, 그렇다고 당장 나를 쓰러 뜨릴 만큼 걷잡을 수 없이 폭발하지도 않았지만, 징그럽게도 늘 그 자리에 웅크리고 나를 노려보고 있었다.

그리고 더 비극적인 것은, 멍청한 내가 갉아 먹힌 그 고통스러운 상태를 어느새 나의 새로운 '정상' 상태라고 부르며 순응하기 시작했다는 것이다. 기준이 완전히 뒤틀려버렸다. '허리가 전혀 아프지 않은 온전한 날'이 건강의 기준이 아니라, '숨통이 끊어질 듯 미치게 더 아팠던 어제'를 위안 삼아 오늘의 고통을 평가하는 소름 끼치는 잣대로 삼아버렸다.

'휴, 오늘은 지옥 같았던 어제보다는 아주 조금 덜 쑤시고 덜 아프네. 그럼 이 정도면 다행히 괜찮은 날이지.' 돈에 쫓겨 스스로를 세뇌한 그 끔찍한 합리화의 문장들이, 인간으로서 내가 지켜야 할 건강의 마지노선을 하루가 다르게 밑바닥으로 한없이 깎아내리고 낮추고 있었다.

지금, 몸이 완전히 고장 나 멈춰 선 뒤에야 뼈아프게 그때를 되돌아보면, 그 지독했던 통증의 시기는 무너져 내리는 건물이 붕괴 직전 마지막으로 보내는 신호처럼, 내 몸이 완전히 망가지기 전에 '마지막으로 기다려주던 시간'이었다.

하지만 돈을 놓지 못하던 그때의 나는, 내 몸이 보내는 그 절박한 구조 신호를 살길을 찾을 마지막 기회로 보지 않았다. 그저 먹고살려면 누구나 참아내야 하는 지루하고 당연한 일상의 고통쯤으로 치부하며 잔인하게 외면했을 뿐이다.

그렇게 고통에 무감각하게 지내다 보니, '아프지 않은 온전한 날'을 그리워하며 기준으로 삼던 건강한 인간의 감각은 내게서 영원히, 그리고 완전히 사라져 버렸다.

그 빈자리에는 오직 하나, '망가진 이 몸뚱어리로 오늘은 도로 위에서 몇 시간이나 더 악착같이 버틸 수 있을까' 하는 처절한 생존의 기준만이 하루를 지배하게 되었다. 결국 매일 진통제로 억눌리며 내게 무시당하고 혹사당하던 불쌍한 내 몸은, 더 이상 살려달라는 큰 통증의 신호조차 보내기를 포기한 채 서서히, 그리고 섬뜩할 만큼 조용해져 갔다.

그리고 어리석은 나는, 통증이 사라진 그 위험한 침묵의 상태를 내 몸이 드디어 환경에 적응하고 '다시 건강하게 괜찮아졌다'고 착각하며, 엑셀을 밟는 발에 기어이 파멸의 힘을 싣고 있었다.

* * *

사고는 조수석에서
일어났다

기어이 내 몸을 멈춰 세운 그 결정적인 사고는, 아이러니하게도 내가 매일 고군분투하며 앉던 낡은 택시의 운전석이 아니라 남의 차 조수석에서 일어났다.

모처럼 택시 운전대를 잡지 않고 온전히 쉬는 날이었다. 나는 오랜만에 '무사히 목적지까지 가야 한다'는 숨 막히는 책임감과 사납금의 압박을 모두 내려놓은 채, 친구의 차 조수석에 편안하게 기대어 앉아 있었다.

친구가 대신 운전대를 잡고 있었고, 나는 스쳐 가는 창밖 풍경을 무심히 바라보며 모처럼의 여유를 누리던 중이었다. 매일 달리던 익숙한 길이었고, 차의 속도도 결코 빠르지 않았다. 등

줄기를 서늘하게 할 만한 위험한 순간은 단 1초도 없었다.

그런데 앞서가던 차가 아무런 예고도 없이 돌연 급정거를 하더니, 다음 순간 기어를 잘못 넣은 듯 우리 차를 향해 그대로 후진해 밀고 들어왔다. 쿵—! 부딪히는 둔탁한 파열음은 생각보다 크지 않았다.

하지만 내 쇠약해진 몸은 그 미세한 충격에도 즉각적으로 비명을 질렀다. 무방비 상태로 앉아 있던 허리가 앞뒤로 거칠게 꺾였고, 그 반동으로 예전에 큰 수술을 받았던 고관절과 다리 쪽으로 모든 충격이 매섭게 몰려들었다. 순간 억 소리조차 내지 못할 만큼 숨이 턱 막혔다. 옆자리에서 기겁하며 "괜찮아? 다친 데 없어?"라고 묻는 친구의 다급한 목소리를 듣고도, 나는 고통에 짓눌려 곧바로 대답하지 못했다. 우리는 그 길로 곧장 응급실을 향해 병원으로 달려갔다.

병원 문을 들어설 때까지만 해도 나는 이 상황을 대수롭지 않게 여겼다. 차체 범퍼가 살짝 찌그러졌을 뿐 대형 사고도 아니었고, 겉으로 피를 흘리거나 뼈가 부러진 것도 아니었으니까.

진짜 끔찍한 문제는 엑스레이와 MRI 촬영을 마친 뒤에 마주한 차가운 검사 결과였다. 허리 디스크가 심각하게 터져 흘러내렸다는 절망적인 진단이 떨어졌다. 지난 몇 달간 운전석에서 진통제로 억누르며 미련하게 버텨왔던 그 묵직한 통증들이, 조수석에서 겪은 이 가벼운 접촉 사고 하나를 핑계 삼아 둑이 터지듯 한꺼번에 표면 위로 폭발해 버린 것이다.

모니터를 심각하게 들여다보던 의사가 고개를 돌려 내게 물었다. "혹시 평소에 오래 앉아 있는 일이나, 운전 일을 하십니까?" 나는 창백해진 얼굴로 말없이 고개를 끄덕였다.

"지금 허리 상태로는 당분간 운전석에 앉으시는 건 절대 어렵겠습니다." 의사의 선고는 내가 토를 달 수 없을 만큼 너무나 단호하고 차갑게 떨어졌다.

며칠만 쉬면 괜찮을 거라는 애매한 여지도, 아파도 꾹 참고 일하겠다는 내 알량한 선택지도 더 이상 주어지지 않았다. 돈을 벌어야 한다는 강박에 사로잡혀 애써 흐릿하게 외면하고 덮어두었던 내 끔찍한 통증이, 그날 하얀 진료실 안에서 비로소 '디스크 파열'이라는 명확하고도 잔인한 병명을 얻었다.

절망은 거기서 끝이 아니었다.

엎친 데 덮친 격으로, 충격을 받은 예전 고관절 수술 부위의 상태도 몹시 좋지 않다는 소견이 이어졌다. 뼈를 지탱하기 위해 몸 안 깊숙이 박아두었던 쇳덩어리 철심을, 이제는 기어이 절개하여 완전히 제거해야만 할 시점이 도래했다는 청천벽력 같은 말을 들었다.

꼼짝없이 병상에 누워야 할 입원 일정이 무겁게 겹쳤고, 내 의지와는 상관없이 전신 마취를 동반한 대수술 계획이 그 자리에서 일사천리로 잡혀버렸다.

치열하게 돌아가던 내 택시 미터기가, 그렇게 타의에 의해
완전히 전원을 잃고 차갑게 꺼져버렸다.

* * *

병실에서 다시 계산하다

나는 낯선 병실 침대에 누워 창백한 천장을 올려다보며, 아주 오랜만에 운전대를 꽉 잡지 않은 채 하루를 온전히, 그리고 길게 보냈다.

참 이상한 일이었다. 수술 부위가 찢어질 듯 아프고 몸이 망가졌다는 끔찍한 사실보다, 당장 '내 택시를 몰지 못한다'는 그 물리적인 단절감이 내게는 훨씬 더 서늘한 현실로 먼저 와닿았다.

의사는 굳은 표정으로 '당분간' 운전은 절대 안 된다고 단호하게 선을 그었다. 하지만 내게 그 '당분간'이 정확히 며칠인지, 몇 달인지 기약해 주는 사람은 아무도 없었다. 나는 병상에 누워서도 맹목적으로 믿고 싶었다. 아주 잠깐 쉬는 것일 뿐, 이 지독한 통증만 가라앉으면 당연히 내 자리로 다시 복귀할 수 있을 거라고. '그래, 조금만 더 회복하면. 조금만 뼈가 아물면 다시 그 좁은 운전석에 앉아 시동을 걸 수 있을 거야.'

조용하고 적막한 병실에 꼼짝없이 누워 있으려니, 역설적이게도 그토록 지긋지긋했던 운전석에 앉아 있던 시간들이 머릿속에서 비디오테이프를 재생하듯 무섭도록 또렷하게 떠올랐다.

정신없이 엑셀을 밟으며 달릴 때는 미처 몰랐는데, 강제로 멈춰 서서 가만히 내 밑바닥을 응시하다 보니 내가 매일 하루를 어떻게 닫고 끝맺었는지가 선명하게 보이기 시작했다. 밤늦게 주차장에 차를 대고 덜컹거리는 디젤 엔진을 끄던 순간. 지친 손으로 미터기를 정산하고, 액정 화면에 붉게 찍힌 최종 매출 숫자를 홀린 듯이 확인하던 그 서늘한 순간.

미터기를 마감하던 그 찰나의 순간에, 내 몸이 얼마나 비명을 지르고 있었는지는 전혀 중요하지 않았다. 허리가 끊어질 듯 아파도, 브레이크를 밟던 다리가 납덩이처럼 묵직해도, 진상 손님 탓에 하루가 지옥처럼 길고 끔찍했어도. 내가 하루의 끝에 유일하게 들여다보고 의미를 부여했던 것은 오직 하나뿐이었다.

'그래서, 오늘 사납금 기준은 무사히 넘겼는가. 내 몫으로 남은 돈은 얼마인가. 결국 오늘 하루는 성공인가, 실패인가.'

병실 천장의 일정한 형광등 불빛을 멍하니 바라보며 그 차가운 마감의 장면들을 복기하다 보니, 불현듯 가슴 한구석에서 기묘하고 서글픈 감정이 밀려왔다. 나는 매일 밤 그렇게 하루를 닫으면서, 부서지고 망가진 '내 몸'의 통증은 무책임하게 다음 날의 나에게 고스란히 빚처럼 떠넘겨 버리고, 오직 눈앞에 찍힌 차가운 '숫자'를 오늘 내가 살아낸 전부인 양 끌어안고 있었던 건 아니었을까.

아프다는 육체의 절박한 감각은 진통제로 미뤄두고, 쉬고 싶다는 영혼의 붉은 신호는 생계라는 핑계로 잔인하게 접어둔 채, 결국 내 치열했던 하루의 가치를 판가름하는 유일한 잣대는 오로지 '돈'이라는 숫자 하나뿐이었다.

그 서글픈 깨달음이 가슴을 치자, 맹목적으로 다시 돌아가고 싶었던 택시 운전석에 앉은 내 모습이 갑자기 까마득히 멀고 낯설게만 느껴졌다.

그럼에도 불구하고, 링거를 꽂고 몸을 누이고 있는 동안에도 내 비루한 마음은 자꾸만 택시 운전석 주위를 지박령처럼 서성이고 맴돌았다.

창가 쪽 침대에 기대어 멍하니 밖을 내다볼 때면, 빗속을 뚫고 도로를 질주하는 노란색, 은색 택시들의 불빛만 유독 예민하게 내 눈에 꽂혀 들어왔다. 그들이 차선을 변경하는 속도를, 브레이크를 밟는 흐름을, 도로 위를 흐르는 생존의 리듬을 나는 병실에 앉아서도 무의식적으로 끊임없이 계산하고 있었다.

'아, 몸 상태를 진통제로 조금만 더 조절하면 예전처럼 무식하게 10시간씩은 못 타더라도 서너 시간씩 짧게 짧게 운행을 이어갈 수는 있지 않을까?'

처음에는 그저 헛헛함을 달래려는 미련 섞인 상상에 불과했다. 하지만 입원 기간이 하루 이틀 길어질수록, 그 헛된 상상은 점점 꼬리를 물고 나를 옥죄는 현실적인 불안과 고민으로 번져갔다. 허리 디스크의 통증은 여전히 칼로 쑤시듯 묵직했고, 철심을 빼낸 다리와 고관절은 끔찍한 수술 후유증으로 아직 제대로 땅을 딛지도 못하는 상태였다. 그럼에도 병든 내 마음 한쪽은 여전히 '어떻게든 기어코 복귀하겠다'는 강박을 전제로 바쁘게 돌아가고 있었다.

나는 하루에도 수십 번씩 불안에 떨며 스스로에게 채찍질하듯 질문을 던졌다. '정말 이대로 완전히 멈춰서 쉬어야만 할까? 아니면 이 꽉 깨물고 조금만 더 독하게 버텨볼까?' '진통제 맞고 나가서 조금만 운전해도, 내 남은 뼈와 몸이 완전히 박살이 날까?' '내가 이렇게 넋 놓고 병상에 누워 쉬는 동안에도 다른 기사들은 치열하게 콜을 찍고 도로를 달리고 있을 텐데. 이대로 흐름을 놓쳐버리면 나중에 퇴원해서 다시 그 속도를 따라잡을 수 있을까?'

나를 둘러싼 모든 세상은 내게 당장 멈추고 쉬라고 경고했다. 엑스레이를 쥔 담당 의사도, 수액을 갈아주던 간호사도, 나를 보며 한숨짓는 가족들도 모두 입을 모아 똑같은 말을 반복했다. 하지만 내 고집스러운 뇌는 그 명백한 경고들을 온전히 받아들이지 못하고 튕겨냈다.

내 몸은 하얀 환자복을 입고 꼼짝없이 침대에 묶여 있었지만, 내 마음은 이미 퇴원 후 낡은 택시와 내가 다시 함께 굴러가는 처절한 하루를 생생하게 시뮬레이션하고 있었다. 손님을 태우고 눈치껏 도로의 흐름을 읽어내며, 엑셀과 브레이크를 부드럽게 조절하던 내 근육의 익숙한 리듬. 내 삶을 지탱해주던 그 지독한 생존의 리듬이 잠시 끊겼을 뿐, 나는 여전히 마음속으로 그 아스팔트 위를 달리고 있었다.

밤잠을 설치며 뒤척이던 어느 새벽, 나는 마침내 내 마음의 진짜 민낯을 직면하고 깨달았다. 수술 직후에도 운전대를 잡겠다고 발버둥 치는 이 징그러운 미련은, 단순히 한 푼이라도 더 벌겠다는 천박한 '돈 욕심' 때문만은 아니었다. 그것은 실패한 인생의 나락에서 나를 유일하게 증명해 주었던 직업적 익숙함, 하루를 무사히 통과했다는 안도감, 그리고 내 삶을 지탱해 온 지독한 생존 방식 그 자체와 뒤엉킨 복잡하고도 슬픈 감정이었다.

그 순간 나는 비로소 뼈저리게 알게 되었다. 내가 그토록 택시 운전대를 놓지 못해 안달했던 이유는, 그것이 단순히 밥벌이를 위한 '일'을 내려놓는 차원이 아니라, 바닥까지 추락했던 내가 세상과 연결되어 있던 '내 삶의 유일한 일상'을 완전히 잃어버리는 것에 대한 지독한 공포 때문이었다는 것을.

그 모순된 공포와 미련 속에서 나는 병동 복도를 휠체어로 돌면서도 '그래도 나, 다시 복귀할 수 있겠지?'라는 서글픈 희망의 끈을 독하게 놓지 않았다. 아침에 눈을 떠 침대에서 몸을 뒤척일 때 허리가 찌릿하면 '아, 오늘은 도저히 무리겠네' 하고 좌절했다가도, 점심 먹고 진통제 기운에 다리가 조금 덜 무겁게 느껴지면 '거봐, 조금만 더 재활하면 나갈 수 있어'라며 스스로에게 거짓 위로를 건넸다.

손님을 기다리고, 찰나의 판단으로 낯선 길을 꺾어 들어가고, 매 순간 수많은 선택의 갈림길을 반복하며 나라는 사람의 가치를 증명해 내던 그 치열했던 하루의 리듬이 미치도록 그리웠다. 병실 천장을 볼 때마다 그 좁고 냄새나던 운전석의 풍경이 마치 극장 스크린처럼 머릿속에서 생생하게 상영되었다.

하지만 하루, 이틀, 일주일이 지나며 링거 액이 비워지고 시간이 무심하게 흐를수록, 나는 내 간절한 마음과 철저히 망가진 육체 사이의 잔인한 간극을 온몸으로 뼈아프게 체감하기 시작했다.

허리는 낫기는커녕 일어서는 것조차 버거울 만큼 무겁게 가라앉았고, 다리는 발가락 끝까지 저릿하며 감각이 둔해졌다. 화장실을 가기 위해 내딛는 작은 움직임 하나에도 예전과는 비교할 수 없는 엄청난 고통과 땀방울이 동반되었다. 당장 5분을 앉아 있는 것도 숨이 차는데, 덜컹거리는 차 안에서 열 시간 넘게 긴장하며 운전을 한다는 건 그야말로 자살 행위이자 불가능한 몽상이었다. 그럼에도 내 미련한 마음은 끝까지 앙탈을 부리며 '진통제 먹고 조금만 더 버텨보자'고 악마처럼 속삭였다.

그 지독했던 희망 고문이 반복되던 어느 날 밤, 휠체어에 앉아 창밖의 젖은 도로를 한참 동안 내려다보던 나는 마침내 나 자신에게 항복하고 가장 솔직해질 수밖에 없었다.

내 몸은 이미 완전히 부서져 더 이상 내 의지를 따라주지 못한다는 잔인한 사실을. 이 알량한 정신력과 억지 마음만으로는 두 번 다시 그 거친 도로 위에서 운전대를 쥐고 버텨낼 수 없다는 절망적인 진실을 말이다. 미련 가득한 내 마음은 타들어 갈 듯 복귀를 원했지만, 정직한 내 몸뚱어리는 이미 내게 시한부 선고를 내리고 파업을 선언한 지 오래였다.

그제야 나는, 피눈물을 머금고 택시 기사로의 복귀를 완전히 접고 영원히 운전대에서 내려와야 한다는 무거운 결정을 내렸다. 결코 쉽지 않은 뼈를 깎는 포기였다. 택시는 몰락했던 내 삶을 구원해 준 동아줄이었고, 지난 몇 년간 내가 피와 땀으로 숨 쉬며 살아온 나의 전부이자 증명서였으니까. 하지만 헛된 미련을 버리고 차가운 현실을 직시하지 않는다면, 나는 도로 위에서 남은 생명마저 잃고 영원히 일어서지 못하는 더 끔찍한 파국을 맞이할 것이 분명했다.

몸과 마음이 벌인 처절한 사투 끝에, 나는 결국 내 욕심과 집착을 병실 바닥에 완전히 내려놓기로 했다. 손발이 잘려 나가는 듯 고통스러운 결정이었지만, 신기하게도 복귀를 포기하고 나자 나를 짓누르던 거대한 바위가 치워진 듯 숨통이 트이고 홀가분한 자유가 밀려왔다.

그래, 내 택시 미터기는 여기서 영원히 전원이 꺼졌지만, 그렇다고 내 남은 숨통과 삶까지 완전히 끝난 것은 아니지 않은가. 수많은 진상 손님을 상대하며 터득했던 인내심, 위험한 도로 위에서 찰나의 순간을 읽어내던 예리한 관찰력과 판단력, 그리고 바닥까지 떨어졌던 사람들과 부대끼며 얻어낸 인간에 대한 서글픈 이해와 감각들. 운전석에서 뼈를 깎으며 얻어낸 그 모든 눈물겨운 경험의 자산들을, 이제는 택시 운전이 아닌 다른 새로운 방식으로 내 삶에 녹여내고 활용할 수 있다는 사실을 나는 조용히, 그리고 단단하게 받아들였다.

비로소 나는 운전대라는 물리적인 공간에서 미련 없이 내려오고도, 내 마음이 이토록 자유롭고 평온할 수 있다는 사실을 처음으로 온몸으로 느꼈다.

지금까지의 나는 매일 낡은 핸들을 꽉 잡는 순간부터, 철저하게 미터기에 찍히는 요금 숫자와 달린 거리, 길바닥에 버려진 시간과 타인의 감정만을 강박적으로 기록하며 숨 막히는 하루를 억지로 살아냈다. 하지만 이제는 남의 목적지를 향해 질주하며 쫓기는 숫자의 노예가 아니라, 아무런 숫자나 실적 없이도 내게 주어진 이 평범한 하루를 온전히 호흡하며 의미 있게 살아갈 방법을 새롭게 찾아낼 수 있을 것 같았다.

이제 앞으로 내가 걸어가야 할 남은 인생의 길은, 더 이상 사납금에 쫓기는 조급한 택시의 속도에 맞춰 강제로 정해지지 않을 것이다. 그 대신, 비록 다리를 절뚝이더라도 오직 내가 주체적으로 선택한 시간과 나만의 보폭에 따라 천천히, 그러나 흔들림 없이 분명하고 단단하게 흘러갈 것이다.

택시 기사로서의 내 운행은 마침내 끝이 났지만, 길고 험난한 내 삶의 진짜 여정은 멈추지 않고 여전히 계속되고 있다.

돌이켜보면, 택시 기사의 하루는 언제나 냉혹한 '숫자'로 시작해 숫자로 끝나는 삶이었다.

미터기에 찍힌 그 붉은 숫자는 내 수고를 배신하여 억울하게 만들기도 했고, 무례한 손님에게 뜯긴 감정 노동에 비해 너무도 초라하여 헛웃음과 허탈감을 안겨주기도 했다. 하지만 그 징그러운 숫자는, 벼랑 끝에 내몰렸던 나를 무너지지 않고 하루 동안 좁은 운전석에 단단히 결박하여 살아가게 해 준 유일한 생존의 증거이기도 했다.

'오늘 하루도 큰 사고 없이 안전하게 이 험한 도로를 버텨냈다'는 생생한 기록. 남들처럼 비겁하게 현실에서 도망치지 않고, 상처받으면서도 매일 밤 다시 꿋꿋하게 시동을 걸어 세상과 부딪혔다는 눈물겨운 훈장. 하루의 끝에 그 차가운 숫자의 확인이 있었기에, 나는 무너지는 몸을 이끌고 내일도 다시 그 캄캄한 길 위에 홀로 설 수 있는 얄팍한 용기를 얻곤 했다.

얼마를 벌었는지, 사납금 기준은 넘겼는지, 그래서 가스비를 빼고 순수하게 내 손에 쥐어지는 돈은 몇 푼인지. 그 압도적이고 거대한 자본주의의 숫자 앞에서는, 내가 오늘 도로 위에서 흘린 눈물도, 억울했던 사정도, 뼈를 깎는 노력조차도 전부 하찮고 평평하게 짓눌러 무의미해져 버리곤 했다.

나는 하루 종일 수십 명의 낯선 사람들을 태우고, 복잡한 길의 흐름을 읽어내고, 찰나의 위험한 상황들을 온몸으로 막아내며 판단했지만. 기어코 자정이 넘어 하루를 닫을 때 내게 남겨진 성적표는 오로지 '요금'이라는 메마른 금액 하나뿐이었다.

처음엔 그 사실이 미치도록 서럽고 억울했다. 내 피, 땀, 눈물이 범벅된 이 거대하고 치열했던 하루가, 고작 이깟 숫자 몇 개로 잔인하게 축소되고 정리되어 버린다는 사실이 내 존재를 부정당하는 것 같아 참을 수 없었다.

하지만 운전석의 가죽 시트가 닳아가며 시간이 흐를수록, 세상을 바라보는 나의 뾰족했던 시선에도 조금씩 여유로운 틈이 생기기 시작했다. 그래, 미터기의 숫자는 타인이 내 노동의 가치를 매기는 냉혹한 '평가'이기도 했지만, 동시에 내가 오늘 하루를 비겁하게 포기하지 않고 살아냈음을 스스로 증명하는 가장 투명한 '증거'이기도 했다.

　내가 오늘 밤 포기하지 않고 굳건히 이 좁은 운전석 자리에 앉아 눈물로 버텨냈다는 증거. 세상의 무례함 앞에서도 비굴하게 도망치지 않고 정면으로 마주했다는 단단한 기록. 남들 눈엔 푼돈처럼 크지 않아도, 화려한 명함처럼 남들에게 자랑할 만한 직업이 아니더라도. 그 초라한 숫자는 치열하게 살아남은 내 삶의 가장 밑바닥에 분명하고도 깊숙하게 아로새겨져 남았다.

　그래서 나는 어느 순간부터, 미터기에 찍힌 그 가혹한 숫자를 '내 존재의 가치를 평가하고 깎아내리는 불행한 기준'으로 쓰며 자학하기를 멈췄다.

　그 대신, 상처받기 쉬운 이 거친 세상을 오늘도 무사히 살아서 '통과해 냈다'는, 스스로에게 건네는 작고 따뜻한 확인 도장으로만 조용히 남겨두기로 했다. 돈의 노예가 아니라, 내 삶의 주도권을 지켜내기 위한 나만의 현명한 방어막이었다.

　비록 택시 운전석에서는 영원히 내려왔지만, 나는 앞으로 살아갈 새로운 삶의 궤적 위에서도 그 단단해진 마음가짐만큼은 결코 잊지 않을 것이다. 그래야만 어제보다 나은 내일을 기대하며, 멈춰버린 내 인생의 엔진에 다시금 힘차게 뜨거운 시동을 걸 수 있을 테니까.

4부

직업의 이름이 아닌 나만의 방식으로

* * *

그럼에도 다시
시동을 거는 이유

택시 운전대를 잡고 일하는 동안, 당장이라도 이 일을 다 던져버리고 그만두고 싶다는 생각을 하지 않은 날은 단 하루도 없었다.

피 말리는 사납금 숫자에 쫓겨 숨이 턱턱 막히는 날이 있었고, 부서질 듯 쑤시는 몸이 먼저 지쳐버려 주저앉고 싶은 날도 있었으며, 낯선 타인의 날 선 말과 무례함에 속수무책으로 상처받는 순간도 무수히 많았다.

그럼에도 불구하고, 무거운 밤이 지나고 다음 날이 밝아오면 나는 어김없이 좁은 운전석에 앉아 다시 묵묵히 시동을 걸곤 했다.

돌이켜보면 내가 그 모진 시간들을 견뎌낼 수 있었던 건, 이 악물고 '버텨야만 하는 거창한 이유'가 있어서가 아니었다. 벼랑 끝에서도 끝내 이 낡은 핸들을 '놓지 않게 만드는 따뜻한 순간들'이, 매연 가득한 도로 위 곳곳에 조용히 숨어 있었기 때문일 것이다.

딸 같아서 그래

어느 날, 양손 가득 빵 봉투를 든 중년의 아주머니 한 분이 택시에 올랐다. 바스락거리는 비닐 소리와 함께 달콤하고 고소한 빵 냄새가 좁은 차 안으로 기분 좋게 퍼졌다. 목적지를 말한 뒤, 아주머니는 룸미러 너머로 나를 힐끔 바라보더니 사람 좋은 미소를 지으며 말했다.

"어머, 젊은 여자 기사네. 참 대단하다."

나는 습관처럼 가볍게 웃으며 고개를 끄덕였다. 이제는 무덤덤하게 넘길 수 있을 만큼 내게는 제법 익숙해진 인사말이었다.

"밥은 챙겨 먹고 일해?" 전혀 예상하지 못한, 훅 들어온 질문이었다.

"아직이요. 이따가 시간 날 때 먹으려고요." 대수롭지 않게 웃어넘기며 대답했는데, 거울 너머 아주머니의 표정이 금세 안타까운 빛으로 변했다. "에구… 제때 안 챙겨 먹으면 안 되지. 그러다 몸 다 버려." 혀를 차며 건네는 그 말투는 어른의 꾸중 같으면서도 이상하리만치 얼어붙은 마음을 따뜻하게 덥혔다.

아주머니는 무릎 위에 올려둔 빵 봉투를 부스럭거리며 뒤적이기 시작했다. 나는 행여나 내게 주실까 봐 급히 손사래를 치며 말했다. "아유, 괜찮아요. 저 정말 괜찮습니다."

하지만 아주머니는 기어코 빵 하나를 꺼내어 내 옆 콘솔 박스 위에 조심스럽게 올려두었다. "진짜 내 딸 같아서 그래. 운전하다가 출출할 때 이거라도 먹으면서 해."

"요즘 젊은 애들 다들 팍팍하게 열심히 산다지만, 아가씨가 이렇게 밤늦게까지 험한 운전대 잡는 건 절대 쉬운 일이 아니야. 오늘도 파이팅하고, 무엇보다 안전운전해요." 그 말은 화려하게 꾸며지거나 과장된 위로가 아니었다. 그저 팍팍한 삶을 지나는 어른이 건네는 담백하고 진심 어린 응원이었다.

그런데 참 이상하게도 그 한마디에 울컥, 가슴 안쪽이 뜨거워졌다. 운전대를 잡은 이후로 나는 이 좁은 차 안에서 참으로 수많은 타인의 말들을 묵묵히 받아내야만 했다. 나를 향한 의심 어린 시선, 알량한 평가, 불쾌한 무례함, 가벼운 농담, 그리고 서늘한 무심함까지. 그런데 그날은, 아무런 대가나 계산 없이 툭 건네진 다정한 말 한마디와 빵 한 조각이 굳은살 박인 내 마음에 유난히도 깊고 무겁게 박혀들었다.

목적지에 도착해 아주머니가 내리고 덜컥 차 문이 닫힌 뒤에도, 그 달콤한 빵 냄새는 한동안 좁은 차 안을 맴돌며 떠나지 않았다. 붉은 신호등에 차가 멈춰 섰을 때, 나는 조심스레 그 작은 빵의 포장을 벗겨 한 입 크게 베어 물었다. 눈물이 날 만큼 참으로 달콤했다.

사실 그날 하루 미터기에 찍힌 매출이 얼마였는지, 사납금을 무사히 채우기는 했는지는 이제 잘 기억나지도 않는다. 하지만 내 곁에 조심스레 놓이던 그 빵의 따스한 온기와, "딸 같아서 그래"라며 다독이던 목소리만큼은 시간이 한참 흐른 지금까지도 지워지지 않고 내 안에 또렷하게 살아 숨 쉰다.

이 팍팍한 일을 당장이라도 때려치우고 도망치고 싶었던 숱한 위기의 날들 사이에서, 결국 나를 주저앉지 않게 단단히 붙잡아 준 것은 바로 그런 찰나의 다정한 순간들이었다.

벼랑 끝에 선 사람을 결국 다시 버티고 살아가게 만드는 것은 '사람'이라는 흔한 말이, 결코 입에 발린 핑계가 아니라는 것을 나는 그날 처음으로 뼈저리게 실감했다.

＊

오만 원짜리 한 장

어느 평범한 저녁, 그런 기적 같은 날이 또 한 번 찾아왔다.

콜을 받고 도착한 오래된 아파트 단지 앞에서, 말수 적고 피곤해 보이는 중년의 남자 한 분이 뒷좌석에 올랐다. 그는 가야 할 목적지만 짧게 던졌고, 운행 내내 차 안은 무거운 침묵이 흘렀다. 나는 늘 그렇듯 서두르지 않고, 안전하고 부드럽게 밤길을 탔다.

마침내 목적지에 도착했을 때, 결제를 마친 그분은 차에서 바로 내리지 않고 잠시 머뭇거렸다. 이내 지갑을 다시 열더니, 오만 원짜리 지폐 한 장을 꺼내 내 쪽으로 조심스레 내밀었다.

"기사님, 이건 그냥 받아요."

갑작스러운 호의에 당황한 나는 황급히 손사래를 쳤다. "아유, 아닙니다. 요금 다 받았는데 괜찮습니다."

하지만 그는 고집스럽게 고개를 저으며 지폐를 내 손에 쥐여주었다. "젊은 아가씨가 이 늦은 밤까지 운전대 잡는 거, 절대 쉬운 일 아니에요. 너무 열심히 사는 것 같아서, 응원하고 싶어서 주는 겁니다." 그 말은 짧고 투박했지만, 내 마음을 뒤흔들 만큼 묘하게 단단하고 묵직했다.

나는 한참을 망설이다가 결국 그 따뜻한 마음을 감사히 받았다. 지폐의 빳빳한 감촉이 손끝에 선명하게 남았다. 차 문이 닫히고, 골목길로 멀어져 가는 그의 쓸쓸한 뒷모습을 보면서 나는 한동안 엑셀을 밟지 못한 채 그 자리에 멈춰 서 있었다.

내 마음을 울린 건 결코 오만 원이라는 돈의 액수 때문이 아니었다. 어차피 그날 내가 채워야 할 사납금은 철저히 기계적인 숫자로 계산되어 사라질 돈이었다. 그런데 내 손에 쥐어진 그 지폐 한 장만큼은 차가운 숫자가 아니라, 내 삶을 향한 따뜻한 '인정'과 위로처럼 느껴졌다.

살면서 "참 열심히 산다"는 다정한 응원을 생면부지의 타인에게 직접 듣는다는 건, 생각보다 훨씬 더 거대하고 벅찬 일이었다. 그날 밤은 이상하리만치 무겁던 핸들이 솜털처럼 가볍게 느껴졌다. 내게는 팁으로 받은 돈보다, 그가 툭 남기고 간 말이 훨씬 더 오래 남았다.

나는 비로소 알게 되었다. 택시 기사의 하루는 매일 잔인한 숫자로 끝나지만, 가끔은 이렇게 타인의 진심 어린 마음이 그 차가운 숫자의 벽을 훌쩍 넘어설 때가 있다는 것을.

새벽에 만취해 탔던 여자 손님이 훌쩍이며 건네던 고맙다는 말 한마디. 아무 말 없이 내리면서도 백미러를 향해 살짝 고개를 숙여 보이던 누군가의 예의 바른 뒷모습. 목적지까지의 짧은 시간 동안 스쳐 지나가는 얕은 인연이지만, 가끔은 그 찰나의 좁은 공간 안에 이상할 만큼 깊은 진심이 담기곤 한다.

나는 그 빛나는 순간들을 결코 돈이나 숫자로 환산할 수 없다는 걸 잘 안다. 그래서 상처받은 날들보다, 그 다정한 찰나들이 내 안에 훨씬 더 오래, 깊게 남는다.

내가 이 험한 일을 놓지 못하는 또 다른 이유는, 낡은 운전석에 앉아 있는 이 시간만큼은 내가 남의 시선에 얽매이지 않고 온전한 '나 자신'으로 존재할 수 있기 때문이다. 누군가의 비위를 맞추며 눈치를 보지 않아도 되고, 마음에도 없는 불필요한 말들을 억지로 지어내지 않아도 되며, 오롯이 내 몸의 리듬에 맞춰 그날 하루의 속도를 결정할 수 있다.

도로 위에서는 내가 왜 이토록 쩔쩔매며 사는지 밖을 향해 구차하게 설명할 필요가 없다. 그저 조용히 흐르는 차창 밖 풍경 속으로, 내 몫의 고단한 시간을 묵묵히 흘려보내면 그만이다.

물론 이 일이 마냥 낭만적이고 아름답기만 한 것은 결코 아니다. 현실의 끝은 늘 차가운 사납금이라는 숫자로 맺어지고, 버는 만큼의 무거운 책임감을 내 아픈 몸뚱어리로 직접 감당해 내야만 한다. 그럼에도 불구하고 나는 안다. 이 일이 적어도 나를 완전히 부서뜨리거나 파괴하지는 않는다는 것을. 육체는 고되고 힘들지만, 내 영혼과 자아를 완전히 잃어버리게 만들지는 않는다.

아마 그래서 나는 오늘도 미련하게 이 낡은 핸들을 놓지 못하는 것일 테다. 택시를 그만두지 못하는 이유는 대단하고 거창한 사명감 때문이 아니다. 아직은 이 매연 가득한 길 위에서, 잃어버렸던 나 자신을 조금이나마 온전히 지켜낼 수 있기 때문이다.

택시를 몰면서 내 인생에 무언가 눈부시고 새로운 꿈이 생긴 건 아니었다. 대신, 적어도 앞으로 '어떤 방식으로는 살지 않아야겠다'는 명확한 오답 노트만큼은 확실히 손에 쥐게 되었다.

돈을 벌겠다고 망가지는 몸의 비명을 무시한 채 억지로 밀어붙이는 일. 내가 다치고 불편한데도 꾹 참고 넘어가야만 간신히 유지되는 얄팍한 관계. 오늘 하루의 영혼을 갈아 넣어 억지로 내일의 생존을 버티는 미련한 방식.

사장이었던 예전의 나는 나를 혹사시키는 그 미련한 짓들이 진정한 '성실함'이라고 철석같이 믿어왔다. 하지만 택시는 매일 밤 캄캄한 도로 위에서 내게 날카로운 질문을 던졌다. "너, 오늘도 너를 갉아먹는 이 낡은 방식으로 괜찮겠어?"

나는 이 1평 남짓한 공간에서 점차 깨달았다. 삶을 지탱하는 데 있어 정말 중요한 것은 무모하게 질주하는 '속도'가 아니라, 나를 보호할 수 있는 '조건'이라는 사실을. 갑자기 아파서 며칠을 쉬더라도 내 삶이 송두리째 무너지지 않는 일. 하루쯤 콜을 망치고 공을 쳐도 내일 다시 돌아와 시작할 수 있는 유연한 구조. 타인에게 내가 얼마나 잘난 사람인지 구구절절 증명하지 않아도 되는 조용한 자리.

이것은 나약한 게으름이나 도피가 아니라, 내가 부서지지 않고 이 세상에서 오래도록 살아남기 위한 절박하고도 현명한 선택이었다.

택시는 나에게 "네가 세상에서 무엇을 해낼 수 있는가"를 다그쳐 묻기보다, "네가 굳이 무엇을 하지 않아도 되는가"를 자상하게 가르쳐 주었다. 손님의 모든 무례한 말을 감정 쓰레기통처럼 다 받아주지 않아도 되고, 억지스러운 요구에 굽실거리며 과하게 친절할 필요도 없으며, 나의 모든 하루가 반드시 완벽한 숫자의 성과로 증명되지 않아도 괜찮다는 것.

그 서늘하고도 다정한 깨달음은 단순한 직업적 태도를 넘어, 앞으로 내 남은 삶을 살아갈 단단한 기준이 되었다. 그래서 앞으로의 나는 더 이상 '택시 기사'든 '사장'이든, 그 어떤 한 가지 좁은 정체성의 틀 안에 나를 옭아매지 않으려 한다.

내가 낡은 운전석에 앉아 핸들을 쥐고 있을 때도, 누군가의 카메라 앞에 설 때도, 조용히 책상에 앉아 글을 쓸 때도. 나는 언제나 내 몸이 먼저 허락하는 안전한 방식으로, 내 마음이 다치고 무너지지 않는 적당한 거리에서, 오직 오늘 하루를 평온하게 살아낼 수 있는 만큼만 걸어갈 것이다.

택시는 나를 내가 원하던 눈부신 목적지까지 단숨에 데려다주지는 않았다. 하지만 적어도, 내 인생이 '굳이 가지 않아도 될 끔찍한 길'이 어디인지는 뼈저리게, 그리고 분명하게 알려주었다.

이 험한 택시 일을 하면서 내게 주어졌던 가장 큰 선물은, 해가 붉게 지고 다시 푸르게 떠오르는 그 경이로운 세상의 변화를 매일 실시간으로 목격할 수 있다는 점이었다. 치열했던 누군가의 하루가 끝이 나고, 또 다른 누군가의 하루가 막을 올리는 그 교차의 찰나를, 나는 늘 이 작은 운전석에서 고스란히 맞이했다.

내 의지나 내 목적지가 아니라, 낯선 손님이 요청한 곳으로, 한 번도 가보지 못한 미지의 어딘가로 향할 때의 그 묘한 설렘. 내비게이션이 종료를 알리고 목적지에 도착하고 나서야 비로소 눈앞에 펼쳐지는 낯선 풍경, 처음 마주하는 동네의 냄새, 그리고 꼬불꼬불한 처음 보는 골목길.

만약 내가 택시 기사가 되지 않았더라면, 나는 평생토록 내가 살던 좁은 세상의 우물 안에만 갇혀 이렇게 도시의 구석구석을 누비는 사람은 결코 되지 못했을 것이다. 하지만 택시 바퀴를 굴리며 나는 한 번도 발길이 닿지 않았던 낯선 곳들을 누볐고, 바쁘다는 핑계로 무심히 지나쳐버렸을 시간의 색깔들을 천천히 눈에 담았으며, 이 도시를 살아가는 수많은 사람의 진짜 일상을 가장 가까운 거리에서 민낯 그대로 지켜보게 되었다.

새벽 공기를 가르며 피곤한 몸을 이끌고 출근하는 사람들, 밤거리에서 비틀거리며 술에 취해 슬픔을 토해내는 사람들, 깊은 밤 터덜터덜 하루를 마무리하며 집으로 향하는 사람들, 그리고 남들이 잠든 시간 막 하루의 셔터를 올리는 사람들. 모두가 똑같은 아스팔트 도로 위를 달리고 있지만, 그 안에서 각자 저마다 완벽하게 다른 시간대를 치열하게 살아가고 있다는 사실을 나는 그제야 온몸으로 느끼게 되었다.

낯선 풍경, 낯선 사람, 그리고 낯선 환경. 그 모든 미지의 것들에 대한 잔잔한 설렘이, 사납금의 압박 속에서도 내가 이 일을 쉽게 포기하지 않고 계속하게 만든 가장 큰 이유 중 하나였다. 그래서 뼈마디가 쑤시고 서러운 날이 있어도, 나는 이 운전석에서의 시간을 결코 쉽게 미워하거나 저주할 수 없었다.

하지만 그 알량한 설렘과 낭만만으로 험난한 택시 세계를 계속 버텨낼 수 있는 것은 결코 아니었다.

차창 밖의 낯선 풍경보다 내 숨통을 쥐고 더 자주 마주하게 되는 것은 뒷좌석에서 뿜어져 나오는 타인의 '낯선 감정'들이었고, 처음 보는 사람을 대하는 것보다 나를 훨씬 더 어렵고 소름 끼치게 만드는 것은 '사람과 사람 사이의 안전한 거리'를 가늠하는 일이었다.

택시 안이라는 공간은 생각보다 훨씬 비좁고 밀폐되어 있었다. 1평 남짓한 쇳덩어리 차 한 대, 앞뒤로 나뉜 두 개의 좌석, 그리고 그 좁은 틈바구니 안에 잠시나마 강제로 겹쳐지는 타인과 나의 삶.

도대체 어디까지 웃어주어야 친절한 서비스이고, 어디부터가 나를 만만하게 보고 선을 넘는 것인지. 단지 만만한 '여자 기사'라는 이유 하나만으로 굳이 묻지 않아도 될 사적인 질문들에 변명하듯 내 삶을 해명해야 하는 서글픈 순간들도 차고 넘쳤다.

손님이 던지는 날 선 말 한마디, 룸미러 너머로 번뜩이는 불쾌한 눈길 하나, 갑자기 험악하게 바뀌는 목소리의 미묘한 톤 변화. 그 숨 막히는 찰나의 순간마다 나는 운전대를 꽉 쥐고 스스로에게 끊임없이 질문을 던져야만 했다.

'지금 나는 이 공간에서 안전한가.' '이 정도의 무례함은 팁을 받았으니 웃으며 넘겨도 되는가.' '아니면, 당장 브레이크를 밟고 단호하게 여기서 멈춰 세워야 하는가.'

수많은 밤, 택시 운전대를 잡고 내가 진짜로 배운 것은, 내비게이션 없이 지름길을 외우는 얄팍한 운전 기술이 아니었다. 나를 다치게 하지 않으면서도 타인을 대하는 '나만의 단단한 기준'을 세우는 뼈아픈 훈련이었다.

그리고 내가 직접 겪어 가며 세운 그 기준들은 때때로 나를 까칠하고 매정한 사람으로 만들어 마음을 불편하게 하기도 했지만, 결국 폭력적인 세상으로부터 나를 온전히 지켜주는 가장 든든한 방어선이 되어주었다.

이 일은 결코 앞만 보고 운전만 잘하면 끝나는 단순한 일용직 노동이 아니었다. 흔들리는 핸들을 꽉 잡는 두 손보다, 내 안에서 요동치는 마음의 중심을 훨씬 더 독하고 단단하게 붙잡아야만 살아남을 수 있는 고도의 심리전이었다.

그 서늘하고도 눈물겨운 진리를 온몸으로 깨닫기까지, 나는 참으로 길고도 아득한 숱한 밤들을 좁고 외로운 운전석에서 홀로 뜬눈으로 보내야만 했다.

*＊＊

택시는 나를
유튜브로 데려다주었다

택시 운전대를 잡으면서 내가 유튜브까지 하게 될 줄은 꿈에도 몰랐다.

처음부터 채널을 키워보겠다는 대단한 목적이나 거창한 계획이 있었던 것은 결코 아니었다. 그저 좁은 차 안에서 그날그날 겪은 무수한 일들과 감정들을 이대로 허무하게 흘려보내기엔 조금 아깝다는 생각이 들었을 뿐이다. 운전석에서 묵묵히 보내는 시간은 참으로 길고 외로웠으며, 그 고립된 시간 안에는 차마 말로 다 할 수 없는 수많은 타인의 이야기와 내 짙은 감정들이 켜켜이 쌓여 있었다.

누군가에게는 그저 매연을 마시며 스쳐 지나가는 아무 의미

없는 하루였을지 몰라도, 적어도 나에게만큼은 마음속에 오래
도록 기억해 두고 싶은 뭉클한 장면들이 매일같이 탄생했다.

하지만 막상 작은 카메라를 켜고 렌즈 너머로 내 속마음을
꺼내어 말하는 건 생각보다 훨씬 두렵고 어려운 일이었다. 내
말이 혹시나 누군가에게 상처를 주거나 불편하게 만들지는 않
을지 조심스러웠고, 스스로를 엄격하게 검열하며 영상을 지웠
다 쓰기를 반복하는 지난한 시간도 꽤 길었다.

그래서 나는 얄팍한 포장을 버리고 그저 솔직해지기로 마음
먹었다. 그럴듯하게 멋있는 척 말하기보다 상처받고 흔들리는
내 모습을 있는 그대로 보여주려 했고, 세상에 정답을 제시하려
들기보다는 그저 묵묵히 버텨내는 나의 서툰 이야기 자체를 담

담하게 남기기로 했다.

그런데 참 신기하게도, 서투르지만 진짜 내 마음이 담긴 그 투박한 영상들에 사람들이 하나둘씩 따뜻하게 반응하기 시작했다.

"택시 기사님의 이런 솔직한 시선은 처음 봐요." "기사님 이야기를 들으니 오늘 하루 제 삶에 대해서도 생각이 많아지네요." "매일 지친 퇴근길에 위로받으며 챙겨 봅니다."

다정한 댓글 하나, 반가운 구독 알림 하나가 당장 내 지갑을 채워주거나 고단한 하루의 피로를 마법처럼 없애주지는 않았다. 하지만 그 작은 온기들이 모여, 내가 지긋지긋해하던 이 택시 일을 바라보는 내 마음의 온도를 조금씩, 그러나 분명하게 바꿔놓기 시작했다.

나에게 택시가 수많은 낯선 사람들을 태우고 내리는 '생존의 물리적 공간'이었다면, 유튜브는 그 스쳐 갔던 소중한 순간들을 다시금 따뜻하게 마주하게 해주는 '마음의 창구'가 되어주었다.

내 채널이 생각보다 많은 구독자의 사랑을 얻게 된 건, 내가 남들보다 뛰어나거나 특별한 사람이어서가 결코 아닐 것이다. 그저 이 좁고 외로운 운전석에서 상처받으면서도 어떻게든 하루를 살아내려는 내 발버둥 치는 삶의 방식이, 각자 자신의 자리에서 치열하게 버티고 있는 누군가에게는 깊은 공감과 위로의 이야기로 가닿았기 때문일 것이다.

나는 오늘도 여전히 똑같은 낡은 택시를 몰고, 어제와 같은 익숙한 밤거리를 달린다. 하지만 적어도 이제는 이 캄캄한 도로 위에서 나 혼자만이 덩그러니 남겨져 있다는 뼈저린 고립감은 들지 않는다. 택시의 무거운 핸들은 여전히 내 두 손에 쥐어져 있지만, 내가 만들어가는 이 삶의 이야기는 어느새 렌즈 너머의 수많은 사람과 다정하게 함께 흘러가고 있었으니까.

그래서 나는 오늘 밤에도 조용히 카메라의 전원을 켠다. 내 치열했던 하루의 기록을 세상에 남기기 위해서. 그리고 무엇보다, 이 외롭고 고단한 길이 결코 '나 혼자만 걷는 길'이 아니라는 사실을 나 스스로 잊지 않기 위해서.

* * *

백 명의 방,
그리고 나의 속도

좁고 외로운 택시 운전석은 나를 유튜브라는 세상으로 이끌었고, 그 유튜브는 다시 나를 전혀 예상치 못한 거대한 자리로 데려다주었다.

그렇게 나는 한 예능 프로그램에 출연하여, 무려 100명이나 되는 사람들과 한 공간에 모여 열띤 토론을 벌이게 되었다.

그 거대한 스튜디오에 앉아 가장 먼저 피부로 느낀 것은, 압도적인 긴장감보다 경이로운 놀라움이었다. 세상에는 참으로 똑똑하고, 자신의 논리를 유창하게 펼쳐내는 사람들이 이토록 많다는 벅찬 사실 때문이었다.

각자의 고유한 언어로 뚜렷하게 자신의 신념을 말하고, 첨

예하게 다른 의견 앞에서도 존중을 잃지 않으며 대화를 이어가는 타인들의 모습. 그곳에 모인 사람들은 나이도, 직업도, 굽이쳐 살아온 삶의 궤적도 모두 달랐으며, 세상을 바라보는 시선의 각도 역시 백이면 백 제각각이었다.

그 눈부신 다양함의 한가운데서, 나는 세상이 강요하는 '정답'이라는 것이 생각보다 절대적이거나 단단하지 않다는 진리를 깨달았다. 아울러 타인과의 '다름'은 기를 쓰고 논리로 굴복시켜야 할 설득의 대상이 아니라, 있는 그대로 고개를 끄덕여주어야 할 깊은 이해의 대상이라는 것도.

수많은 말들이 오가는 토론의 장에서 내가 진짜 배운 것은, 화려한 언변으로 남의 논리를 찍어 누르는 법이 아니라 거센 파도 속에서도 '나의 생각'을 고요히 지켜내는 법이었다. 남들보다 유창하게 말하지 못해도, 날카로운 정답을 빠르게 뱉어내지 못해도, 주눅 들지 않고 오롯이 나만의 속도를 잃지 않는 단단한 태도.

그 방송은 내 알량한 밑천을 시험하고 평가받는 무서운 심판대가 아니라, 웅크려 있던 나라는 사람의 내면을 투명하게 비춰주는 거대한 거울 같은 시간이었다.

나는 그 거울 안에서, 나라는 사람이 세상을 향해 어떤 주관을 품고 있는지, 실패를 딛고 지금 어디까지 걸어왔으며, 앞으로 남은 삶을 어디로 끌고 가고 싶은지를 찬찬히 다시 마주할 수 있었다.

1평 남짓한 택시 안에서 조용히 시작된 나의 넋두리가 유튜브라는 창구를 거쳐 화려한 스튜디오까지 오게 되었지만, 이 비현실적인 여정이 내게 안겨준 가장 큰 선물은 유명세가 아니었다. 잃어버렸던 내 삶의 '방향'을 다시금 선명하게 확인할 수 있는 귀중한 시간이었다.

그 강렬했던 경험 이후, 나는 예전보다 훨씬 더 흔들림 없이 확신하게 되었다. 남들을 헐떡이며 뒤쫓아가는 가장 빠른 길보다, 조금 느리더라도 나를 잃지 않고 '가장 나답게, 오래도록 걸어갈 수 있는 길'을 기꺼이 선택하겠다는 그 굳건한 마음을.

더로직

* * *

직업이 아니라 방식

택시 운전석에서 영영 내려오고 난 뒤, 나는 처음으로 '이제 앞으로 뭘 하고 살아야 하지?'라는 막막한 질문 앞에 홀로 서게 되었다. 하지만 예전처럼 세상이 정해둔 그럴듯한 '직업의 이름'부터 다급하게 찾으려 들지는 않았다. 대신, 내가 지나온 시간 동안 과연 어떤 '방식'으로 세상을 버티고 살아왔는지를 찬찬히 하나씩 꺼내어 되짚어보기 시작했다.

나는 택시 안에서 쉼 없이 타인을 관찰해 왔다. 낯선 이의 말투, 무거운 침묵, 흔들리는 시선, 그리고 스쳐 가는 짧은 대화 속에 조용히 숨어 있는 짙은 감정들. 그것은 누가 시켜서 억지로 한 일이 아니라, 밀폐된 공간에서 나 자신을 지키고 살아남기 위해 자연스럽게 뼈에 새겨진 생존의 감각이었다.

그리고 그 예민한 감각은 이제 전혀 다른 방식으로 내 삶에 쓰이기 시작했다. 타인의 이야기를 깊이 듣고, 내 방식대로 정리하며, 허무하게 흘려보내지 않고 활자와 영상으로 꾹꾹 눌러 기록하는 일. 내가 유튜브에서 하고 있는 일 역시, 결국 운전석에서 해왔던 그 치열했던 관찰의 연장선이었다.

내 역할은 얄팍한 정보나 지식을 전달하는 것이 아니었다. 내가 겪은 하나의 진솔한 경험을 세상에 꺼내 놓고, 그 안에서 각자가 묻어둔 자신만의 이야기를 떠올리게 만드는 것이었다. 나는 타인의 삶에 함부로 정답을 쥐여주는 사람이 아니라, 그들의 마음에 조그만 파문을 일으키는 '질문을 남기는 사람'이었다. 그것이 내가 가장 오랫동안 묵묵히 해왔고, 앞으로도 가장 잘해낼 수 있는 일이라는 사실을 나는 조금씩, 분명하게 깨달아 갔다.

또 하나, '말을 하는 일'도 마찬가지였다. 수많은 사람과 예능 프로그램에서 토론을 하며 뼈저리게 깨달은 것은, 내가 결코 유창하고 화려하게 말을 잘하는 달변가가 아니라는 사실이었다. 하지만 투박한 내 말속에는, 바닥을 구르며 직접 겪어낸 시간 특유의 묵직한 무게가 담겨 있었다. 그 삶의 무게는 내 입술의 속도를 신중하게 늦추었고, 타인의 삶을 섣불리 판단하거나 재단하지 않게 만들어주었다.

나는 앞으로 누군가를 내 논리로 굴복시키기 위해 말하기보다, 상처 입은 경험을 다정하게 공유하기 위해 입을 열고 싶었다. 택시 안에서 겪었던 수많은 일들, 몸이 부서져라 아파 기어이 멈춰 서야만 했던 순간들, 뜻밖의 기회를 얻고도 다시금 삶의 방향을 잃고 고뇌해야 했던 시간들. 그 보잘것없어 보이던 나의 모든 넋두리가 누군가에게는 잊고 있던 자기 삶을 되돌아보는 작고 따뜻한 계기가 될 수 있다는 것을 나는 이미 여러 번의 기적을 통해 확인했으니까.

그래서 앞으로의 나는 더 이상 '택시 기사'라는 좁은 틀에 갇힌 사람도 아니고, 숱한 영상 속에서 스쳐 가는 단순한 '유튜버'도 아니다. 나는 그저 사람과 삶의 아슬아슬한 경계에 서서 세상을 보고, 듣고, 기록하는 사람이다. 자극적이고 빠르게 소비되는 휘발성 이야기 대신, 누군가의 가슴속에 천천히 오래도록 남는 이야기를 빚어내는 사람. 돈을 위해 몸을 무자비하게 혹사시키는 노동이 아니라, 내가 치열하게 살아온 시간 자체를 고귀한 자산으로 꺼내어 쓰는 삶을 선택한 사람이다.

앞으로 내가 해나갈 일의 형태는 언제든 자유롭게 바뀔 수 있다. 영상이 될 수도 있고, 이렇게 활자로 된 글이 될 수도 있으며, 마이크 앞에서의 담담한 말이 될 수도 있다. 하지만 내 삶의 방향성만큼은 그 어느 때보다 분명하다. 나는 내 연약한 몸을 다치지 않게 지키면서, 남들의 속도에 휩쓸리지 않고 나만의 템포를 잃지 않으면서, 세상 사람들에게 "나도 당신처럼 무너지고 아파하며 그런 고민을 했었다"고 따뜻하게 위로를 건넬 수 있는 삶을 살고 싶다.

오랜 시간 앉아 있던 낡은 택시에서 내려와 맨몸으로 다시 길을 묻고 있는 지금의 나는, 비로소 내게 가장 잘 맞는 일과 삶의 방식을 내 손으로 직접 정의해 나가고 있다. 그리고 내가 땀 흘려 써 내려간 그 정의는, 세상이 무심하게 정해준 그럴듯한 직업의 이름표보다 훨씬 더 견고하고 단단하다.

그렇게 나는 앞으로의 내 삶과 존재를 더 이상 하나의 딱딱한 '직업의 이름'으로 가두어 정리하지 않기로 했다. 이제 내게 중요한 것은 겉으로 '무엇을 하느냐'보다, 내면이 '어떤 방식으로 살아갈 수 있느냐'였다.

택시는 이미 지난 시간 동안 나에게 너무도 많은 것을 가르쳐주었고, 그 뼈아픈 배움들은 이제 택시가 아닌 다른 삶의 형태로 조용히 이식되고 있었다.

물론 처음부터 이 아름다운 변화를 내가 주도적으로 우아하게 선택했던 것은 결코 아니었다. 그것은 오히려 피할 수 없는 '도착'에 가까웠다. 늘 마음 한구석에서는 알고 있었다. 무너져가는 몸을 억지로 갈아 넣으며 달리는 이 아슬아슬한 주행이 결코 영원히 이어질 수는 없으리라는 것을. 택시는 쓰러져가던 나를 다시 움직이게 만들어준 고마운 인공호흡기 같은 일이었지만, 내 연약한 몸뚱어리가 생의 끝까지 감당하며 데려갈 수 있는 일은 아니었다.

붉은 신호등 앞에 멍하니 서 있던 날, 하루의 운행을 마치고 집에 돌아와 파스를 붙이며 무너지는 몸의 신호를 점검하던 숱한 밤마다 나는 조용히, 그리고 서글프게 계산하곤 했다. 내가 이 지독한 일을 과연 언제까지 버텨낼 수 있을까. 내 몸이 허락하는 안전한 생존의 마지노선은 도대체 어디까지일까.

그리고 그 외로웠던 질문의 끝은, 어느 날 예고도 없이 '강제적인 도착'의 형태로 내게 불쑥 찾아와버렸다. 내 의지보다 몸이 먼저 한계의 셔터를 내렸고, 나는 결국 영영 운전석으로 다시 돌아가지 못하게 되었다.

처음에는 그 서글픈 사실을 받아들이는 데 꽤 오랜 시간이 걸렸다. 택시를 완전히 그만둔다는 것은 단순히 생계 수단인 '일'을 하나 내려놓는 것이 아니라, 밑바닥에서부터 짐승처럼 악착같이 견뎌온 내 치열했던 시간 전체를 스스로 부인하고 지워버리는 것처럼 억울하게 느껴졌기 때문이다.

하지만 멈춰 선 채로 가만히 시간이 흐르고 보니, 내 삶에서 택시는 나를 운전석에 평생 붙잡아두기 위해 존재했던 종착지가 아니었다는 것을 깨달았다. 그것은 부서졌던 나를 다음 챕터의 삶으로 무사히 데려다주기 위해 반드시 거쳐야만 했던 눈물겹고 고마운 '하나의 경로'였다.

택시라는 절박한 공간이 있었기에 내 이야기가 담긴 유튜브를 시작할 수 있었고, 유튜브라는 창구가 있었기에 외롭게 웅크려 있던 나의 상처들이 비로소 넓은 세상 밖으로 걸어 나갈 수 있었다. 그 일련의 과정 속에서 나는 셀 수 없이 수많은 타인을 만났고, 내가 살던 곳과는 전혀 다른 새로운 세계를 경험했으며, 무엇보다 바닥에 떨어졌던 나 자신을 다시 사랑하며 정의할 수 있는 눈부신 기회를 얻었다.

비록 지금의 나는 닳아빠진 택시 운전대를 두 번 다시 잡을 수 없는 몸이 되었지만, 그 낡은 택시 안에서 울고 웃으며 얻어 낸 귀중한 조각들은 여전히 내 안에서 뜨겁게 나를 움직이고 있다. 사람의 마음을 깊이 관찰하는 따뜻한 시선, 짧은 스침 속에서도 타인과의 관계를 현명하게 조율하는 감각, 상처받지 않기 위해 나를 지켜내는 단단한 경계선, 그리고 무엇보다 보잘것없는 '내 이야기의 힘'을 온전히 믿어주는 단단한 마음. 운전석에서 뼈를 깎으며 얻어낸 그 모든 것들이, 이제는 뚜벅뚜벅 새로운 삶을 걸어 나갈 내 인생의 가장 든든한 기초 공사가 되어주었다.

이제 나는 길을 잃을까 두려워하며 "대체 어디로 가야 하는가"를 초조하게 묻지 않는다. 그 대신 "앞으로 어떤 태도와 방식으로 이 삶을 살아갈 것인가"를 고요히 스스로에게 묻는다.

나를 태우고 달리던 낡은 택시의 미터기는 영원히 꺼졌지만, 내 앞에 놓인 인생의 길은 결코 끝나지 않았다. 망가진 몸은 잠시 멈춰 섰을지 몰라도, 나는 나만의 새로운 방식으로 여전히 멈추지 않고 앞으로 나아가고 있다.

그리고 한결 가벼워진 지금의 나는, 내 삶에 주어진 이 모든 눈물겹고 찬란한 변화들을 조용히 웃으며 받아들인다.

자, 이제 다시금 나를 위한 새로운 삶의 시동을 부드럽게 걸어볼 시간이다.

에필로그

새로운 삶의 시동

그리고 나는 마지막으로, 낡은 택시의 시동을 껐다. 작은 진동이 멎고, 거칠게 돌아가던 엔진 소리가 허공으로 흩어졌다. 차 안을 가득 채우던 미세한 떨림이 조용히 가라앉자, 그동안 숱한 밤을 나와 함께 지새웠던 1평 남짓한 이 공간이 처음으로 완벽한 고요에 휩싸였다.

나는 룸미러에 비친 내 피곤한 얼굴을 한참 동안 말없이 들여다보았다. 이 운전석에서 그토록 수많은 타인의 짐과 사연을 태우고 떠나보냈지만, 오늘 밤 이 공간의 끝에 남은 것은 오직 나 혼자였다. 거칠어진 손끝에는 아직 핸들을 꽉 쥐었던 치열한 긴장의 감각이 남아 있었고, 나는 가죽 틈에 배어 있던 그 미지

근한 온기가 천천히 식어가는 것을 가만히 지켜보았다.

덜컥, 차 문을 열고 밖으로 나섰다. 밤공기는 찌든 냄새가 배어 있던 차 안과는 전혀 다른 결을 품고 있었다. 차갑지만 맑았고, 적막했지만 한없이 가벼웠다. 멀리서 아스라이 들려오는 기차 소리, 주황색 가로등 아래 길게 드리워진 내 그림자, 그리고 스산한 바람에 스치는 나뭇잎 소리가 이상하리만치 선명하게 고막을 울렸다.

나는 두 발로 땅을 딛고 천천히 몇 걸음을 걸어보았다. 택시 안에서는 늘 타인의 목적지까지 남은 거리와 요금만을 강박적으로 계산했지만, 지금은 내 속도를 억지로 맞춰 줘야 할 사람도, 도착 시간에 쫓겨 안달할 이유도 전혀 없었다. 바닥에 닿는 발끝의 둔탁한 감각, 아직은 뻣뻣한 허벅지 근육의 긴장감, 그리고 내 의지대로 천천히 고르는 깊은 숨소리가 온몸으로 생생하게 느껴졌다.

아, 내 두 발로 오롯이 걷는다는 것이 이토록 내가 살아 숨 쉰다는 눈부신 증거일 수 있다는 것을, 나는 그날 처음으로 뼈저리게 알았다.

잠시 멈춰 서서 뒤를 돌아, 나를 태우고 달렸던 택시를 가만히 바라보았다. 수많은 밤, 내 상처를 품고 달렸던 낡은 차. 그 안에서 켜켜이 쌓였던 서늘한 긴장과 찰나의 안도, 치밀어 오르던 분노와 누군가 건네준 뜻밖의 위로들. 그 숱한 감정의 파도를 말없이 묵묵히 품어주던 고마운 공간.

나는 그 노란 쇳덩어리를 향해 마음속으로 조용히 작별 인사를 건넸다. "그동안 정말 수고 많았어."

이제 나는 더 이상 낯선 손님을 모시고 남의 목적지를 향해 질주하지 않아도 된다. 이제부터는 오직 내가 가고 싶은 방향을 향해, 내가 감당할 수 있는 나만의 속도로 뚜벅뚜벅 걸어가면 그만이다.

물론 두려움이 전혀 없는 것은 아니었다. 오랫동안 내 생계를 책임져준 익숙한 운전석을 영원히 떠나는 일은 생각보다 훨씬 거대하고 무거운 결심이었다. 하지만 지금 내 앞을 가로막은 두려움은 예전 차 안에서 느끼던 그 숨 막히는 공포와는 결이 완전히 달랐다. 타인의 무례한 요구와 사납금에 쫓기던 억압적인 긴장이 아니라, 오직 '나의 주체적인 선택'이 만들어낸 기분 좋은 책임의 무게였다.

그리고 참 이상하게도, 온전히 내가 짊어져야 할 그 자유로운 책임감이 오히려 짓눌려 있던 나를 한없이 가볍게 만들어주었다.

나는 어두운 밤거리를 한참 동안 묵묵히 걸었다. 가로등 아래 잠시 멈춰 서서 일렁이는 내 그림자를 가만히 내려다보고, 서늘한 새벽 공기를 폐부 깊숙이 들이마셨다. 택시 안에서 눈물로 배웠던 사람을 대하는 무수한 감각과 단단한 기준들이, 이제는 나를 옴짝달싹 못하게 묶는 족쇄가 아니라 거친 세상으로부터 나를 안전하게 지켜주는 강력한 방패가 되어 있었다.

앞으로 걸어가야 할 내 인생의 길은 여전히 가로등 하나 없이 어둡고, 내가 내일 당장 무엇을 하며 살아가게 될지 완벽한 정답은 알 수 없다. 하지만 내 가슴속에 딱 한 가지 사실만큼은 그 어느 때보다 찬란하고 분명하게 빛나고 있었다.

나는 더 이상 타인의 목적지를 대신 찾아주며 내 인생을 허비하는 껍데기가 아니라, 멈춰 섰던 내 삶의 방향키를 스스로 꽉 쥐고 온전히 선택하는 주인이 되었다는 것.

어느새 익숙한 집 앞에 도착해 문고리를 잡기 전 잠시 멈춰 섰다. 오늘 걷는 이 길은 고된 하루를 마치고 도망치듯 '돌아오는 길'이 아니라, 바닥을 치고 일어선 내가 비로소 '진짜 나를 향해 온전히 걸어온' 첫 번째 날이었다.

이제 내 두 손에 남이 만든 무거운 핸들은 더 이상 필요 없다. 앞으로 내가 개척하며 만들어갈 눈부신 길은, 이미 굳은살 박인 내 단단한 두 발 아래에서 힘차게 시작되고 있으니까.

나는 천천히 깊은 숨을 고르고, 아직 오지 않은 내일을 향해 담담히 첫걸음을 내디딘다.

조금 느리지만, 그 누구보다 확실하게. 그리고 내 인생 처음으로, 완벽하게 '나만의 방식'으로.

저는 매일 밤
낯선 손님을 태우고 달립니다

(C) 신이현

초판 1쇄 인쇄 2026년 4월 22일
—

지은이 로드모드(신이현)
기획 조영훈
편집 조영훈
디자인 희서디자인
마케팅 정호윤, 김민지, 송유경, 김은주, 최서환, 신비
펴낸곳 모티브
이메일 motive@billionairecorp.com

ISBN 979-11-24370-47-6(03810)